MALA SANGRE

LA SAGA DE LA SANGRE, Volume 1

Ivo Byrt M.

Published by Ivo Byrt M., 2023.

This is a work of fiction. Similarities to real people, places, or events are entirely coincidental.

MALA SANGRE

First edition. October 31, 2023.

ISBN: 979-8223882763

Written by Ivo Byrt M..

Tabla de Contenido

A mi familia, porque el amor que les tengo a ustedes siempre será inmortal. A mis amigos, quienes me han inspirado cada día de mi vida. Y a los vampiros, gracias por cambiarme la vida y por inspirarme a escribir esta historia.

Marco

Piensen en el chico como alguien de 1.75 metros de edad, flaco, con pelo marrón y chascón. Su prenda favorita siempre es una polera negra larga, y encima, un polerón rojo. Probablemente de Maui & Sons. Además de llevar zapatos azules y blue jeans. Su cara representa la inocencia que está a punto de ser perdida. Marco. El chico humano. De 14 años de edad.

Tan pronto como abandonaron el restaurante de comida china, la familia Marsh fueron a su auto que estaba estacionado junto con pocos autos en el estacionamiento.

Marco fue quien entró primero al auto, enojado, frustrado, triste, con ganas de destruir todo.

Apenas Gabriel, su padre, abrió el auto con sus llaves, Marco entró y cerró la puerta con mucha fuerza.

Sus padres entraron segundos después que él, pero con calma y preocupación.

Pasaron los minutos, y Marco estaba en el asiento trasero del auto, justo en el asiento de su izquierda. Marco estaba furioso, pero lloraba silenciosamente. Su padre solo conducía el auto, sin decir nada.

Valentina, su madre, al igual que su "marido", lucen preocupados. Ella gira hacia su hijo.

"¿Qué?" dijo Marco, quien le echó una mirada a su madre antes de que él hablara.

"No es tu culpa, mi amor" respondió su madre, intentando consolarlo. Pero Marco no se convence. Cualquier cosa que sus padres le hayan dicho, no ha sido muy buena ni muy placentera.

"¿No?" preguntó Marco, aún mirando por la ventana, su expresión no cambia, no quiere cambiar.

"No. No, hijita. Nada de esto es tu culpa" respondió Valentina, con toda la calma del mundo.

"Entonces, ¿por qué ya no se quieren?" preguntó Marco, con rabia entristecida en su pregunta. "¿Por qué ya no se aman como solían hacerlo?"

Ahora lo sabemos todo. El por qué Marco estaba así, el por qué sus padres lucen preocupados, el por qué esta escena no es nada más que depresión y tristeza. Afuera del auto, las personas viven con sus vidas. Pero dentro del auto, la familia Marsh, en especial Marco, la estaba pasando *mal*. O *peor*.

Valentina se preocupa aún más. Ella mira a Gabriel. Ambos intercambian miradas cortas.

"¿Por qué?" preguntó de nuevo Marco, quien, ahora, pone su mirada en sus dos padres. Su cara estaba roja, y había lágrimas en sus ojos.

"Esta vez es diferente" respondió Gabriel.

"¿Diferente? ¿Diferente por qué?" preguntó Marco.

"Mira, hijo. Nuestro amor por nosotros ha cambiado, ¿okay? Pero nuestro amor por ti no, ¿ya? Te vamos a seguir queriendo tal y como eres" respondió Gabriel. "Siempre te vamos a querer"

"¿Se van a casar con otras personas?" preguntó Marco. Y sus padres no respondieron nada. Solo intercambiaron miradas otra vez. Miradas preocupadas. "Bien, no digan nada".

Lo que Marco atinó a hacer en este momento es sacar sus audífonos con cable, y se los pone en sus oídos. Los conectó a su celular. Marco puso una canción, una de sus favoritas: *"Looking For The Magic"* de Dwight Twilley Band.

Marco escucha la canción. El mundo de afuera desapareció. Se desvaneció como el humo. Marco apoyó su cabeza en el asiento y cerró sus ojos. Él de inmediato empezó a volverse uno con la música.

La canción continuó. Pasan los segundos, y Marco sigue tranquilo, sin ser interrumpido por sus padres.

Justo cuando el auto estaba a punto de cruzar otra vereda, otro vehículo, que era un camión, impactó fuertemente contra el auto de la familia. De repente, todo se volvió negro.

Lo que el muchacho humano logró ver, o lo que alcanzó a ver, fueron visiones cortas de sus dos padres siendo transportados cada uno en una ambulancia distinta. Luego, su vista se vuelve negra.

Un día después, en una clínica, Marco estaba afuera de una habitación de clínica, viendo cómo sus dos padres, con vendas en sus caras, estaban siendo desconectados por médicos.

Marco observa esto, con una mirada sin expresión. Afuera, él se ve sin ninguna emoción alguna. Dentro, él estaba destruido. Desilusionado.

Sus padres ya no estaban vivos. El choque fue tan fuerte que logró destruirlos a ambos. Pero Marco salió ileso, pero con una marca de corte en su mejilla derecha.

Al momento en el que los enfermeros terminaron de desconectar los cables de los padres de Marco, ellos salen de la habitación, pasan al lado de Marco, quien sigue ahí. Sin decir nada. Sin hacer nada. Sin pensar en nada.

Un médico que estaba dentro de la habitación salió y se acercó a Marco, parándose al lado de él, preocupado. Marco no giró a mirarlo. El médico le puso su mano derecha en el hombro del chico.

"Intentamos salvarlos. Hicimos todo lo que pudimos. Pero el choque fue muy severo. Impactó sus cerebros fuertemente" dijo el médico. "Lo lamento mucho".

Marco no dijo nada.

"Si quieres, puedes ir a despedirte de tus padres. Una última vez. Solo si quieres" le dijo el médico.

Marco no respondió nada. El médico, sin saber qué hacer, quitó su mano del hombro de Marco, y se fue.

Marco caminó hacia la habitación tan pronto como el médico ya se había ido, y se paró en frente de las dos camas donde sus padres estaban, sin vida.

Marco los observó, y no dijo nada. Él solo se quedó ahí, parado, quieto como un soldado de juguete. Él quería decirles algo, pero al mismo tiempo, no sabía qué decir ni cómo decirlo. Las lágrimas brotaron de sus ojos otra vez. Sus labios tiemblan por la eterna tristeza que él estaba sintiendo.

Y decide no decir nada. Él se fue de la habitación, murmurando "*a la mierda esto, a la mierda esto, a la mierda esto...*"

Lo que Marco hizo de inmediato fue caminar rápidamente por el pasillo, intentando ocultar las lágrimas de su cara. Los médicos, enfermeras y personas que estaban ahí lo miraron con caras preocupadas. Pero Marco los ignora: él ya no quiere ayuda. Ya no la necesita.

Llega hacia el baño, que, afortunadamente para él, está vacío. Se encierra en una caseta de baño, donde empezó a llorar. Toda esa tristeza acumulada, toda esa rabia acumulada, todo ese dolor acumulado, por fin los pudo liberar, justamente en el baño de una clínica.

Una hora más tarde, Marco se encontraba sentado en una silla del espacio de espera de la clínica. En esos típicos espacios donde hay una tele, un montón de pocas sillas, un sillón, y un mueble con muchas revistas acumuladas, una encima de la otra.

Marco se encontraba ahí, sin hacer nada. No estaba leyendo ninguna revista, no estaba viendo la televisión, ni siquiera se levantó para comprar algún aperitivo.

En el espacio de espera, Marco se sentó solo en una silla. Al frente suyo, había una madre quien estaba vigilando a su pequeña hija, quien no dejaba de jugar, reir ni de correr alegremente.

Marco observó esto, este aroma de inocencia, este aroma a felicidad, este aroma que demuestra que el mundo de allá afuera no es jodido.

"¿Doctor?" preguntó una voz que a Marco le sonaba familiar. Marco escucha esa voz, y sus ojos rápidamente se abren como platos. *No, esto no puede estar pasando. No aquí, no ahora, nunca. No, por favor.* Marco gira su mirada a su tío, Ricardo, quien camina rápidamente hacia el mismo médico que se disculpó con Marco. Ricardo luce ansioso, desesperado, no se irá sin una respuesta.

"¿Dónde está él?" le preguntó Ricardo al médico.

"¿Quién es usted?" le preguntó el médico a Ricardo.

"Me llamo Ricardo. Ricardo Marsh. Mi hermano, Gabriel, estuvo en el choque automovilístico, ¿dónde está? ¿Se encuentra bien? ¿Lograron salvarlo?"

El médico no sabía cómo decirle las noticias graves y fatídicas.

Mientras que Marco volvía a mirar hacia abajo, el médico le confesó a Ricardo que no pudieron salvar a su hermano, ya que el choque fue demasiado fuerte y que logró destrozar los cráneos de él y su "esposa".

Obviamente, Ricardo no se cree esto, y empezó a alterarse, a enloquecer, a insultar, a garabatear, maldiciendo al médico por no haber salvado a su propio hermano. El médico le dijo calmadamente que se calmara, ya que estaban en un lugar con gente y que él podría asustar a los presentes.

Marco sacó su celular de su bolsillo, que, por algún motivo, no se ha fracturado en el choque. Lo prendió y en el fondo de pantalla de bloqueo, vio una foto de él con su familia, sonriendo a la cámara. Parece que fue una foto de algún verano feliz y alegre, donde no todo era tragedia.

Marco miró esto, las lágrimas no tardaron en salir de sus ojos. La tristeza, la depresión, la angustia y el dolor volvieron.

"Mamá, papá, por favor, vuelvan. Por favor. No quiero que me dejen solo" dijo Marco entre lágrimas, con su voz quebrada y labios temblorosos. Todo esto mientras seguía mirando el fondo de pantalla de bloqueo en su celular.

Luego, él giró hacia su tío, quien lo mira atentamente, con una cara que dice sólo tres palabras: "*Tú lo hiciste*".

Cinco días después, Marco se había mudado con Ricardo, quien se convirtió en su tutor legal, *a regañadientes*. Ricardo vive en un pueblo costero llamado "Colina de Roble". No es un pueblo tan reconocido, que digamos. Al menos tiene un club nocturno, un parque de diversiones (no tan explícitamente grande), varios bares, panaderías, varias tiendas que hasta venden helados para que la gente pueda sobrevivir al calor intenso. La verdad es que en ese pueblo, el clima no es muy amistoso ni agradable. Siempre hace calor, y solo hace frío en las noches. Justo como en Santiago Centro en verano, si sube la temperatura, te puedes morir de calor. Aparte, el suelo es arenoso. Si te caes, te sacas la cresta sin duda.

El viaje no fue muy largo. Duró solo unas 3 horas. Y Marco ni su tío hablaron nada. Marco estaba deprimido, no quería hablar. En cambio Ricardo, no tiene expresión alguna en su rostro. Él lució tranquilo, o, más bien, estaba reprimiendo toda la rabia que él tiene dentro suyo en este momento. Marco ni siquiera estaba escuchando música. Él solo miró la ventana. Sin hacer ni decir nada.

Las 3 horas pasaron, y Marco llegó hacia la casa de su tío. Era una casa de dos pisos, pintada de verde al exterior. Ricardo estacionó su auto afuera de su casa. Ni siquiera ayudó a Marco a desempacar sus bolsas con ropa.

Al entrar a la casa, Ricardo abrió la puerta, y entró a la casa. Por otro lado, Marco solo caminó hacia la que iba a ser su nueva pieza.

"¿Por qué mataste a mi hermano?" preguntó Ricardo. Marco se congeló al escuchar eso, su cara confundida, y sus ojos abiertos como platos. Giró hacia su tío, quien luce triste.

"¿Qué...?" preguntó Marco, aún confundido. Su tío no paraba de sacar lágrimas de sus propios ojos.

"Responde mi pregunta. ¿Por qué mataste a mi hermano? ¿Eh?"

"Yo no maté a mi padre..."

"¿Ah, no? Entonces, ¿qué mierda estabas haciendo? ¿Estabas pegado en tu celular viendo tonterías?"

"Ellos me dijeron que se iban a divorciar, yo estaba furioso, solo quería..."

"¡DEJA DE DECIR MENTIRAS!" gritó Ricardo. Ahí estaba: Ahí estaba toda la rabia, tristeza, y enojo acumulados dentro suyo. Marco se congela, aturdida, asustada, temblorosa. "¡PARA! ¡SOLO DETENTE, DE ACUERDO! ¡MI HERMANO ESTÁ MUERTO, Y NO HAY NADA QUE PUEDA HACER PARA TRAERLO DE VUELTA! ¡TODO ESTO ES TU CULPA! ¡SI NO HUBIERAS NACIDO, NADA DE ESTO HUBIERA PASADO! ¡MÁTATE DE UNA VEZ!"

Ricardo no puede decir nada más. Su cara estaba roja, al igual que sus ojos, llenos de lágrimas. Y su expresión estaba llena de rabia y tristeza. Lo que él atina a hacer es caminar rápidamente hacia su propia pieza, y cierra la puerta fuertemente.

Marco se queda ahí, sin decir nada. Sus manos sueltan sus bolsas con ropa. Y mira hacia abajo. Sus labios temblaban y su cuerpo estaba congelado. Las lágrimas caen de sus propios ojos al piso.

Mateo

Dos meses después, en otra parte del país, en una que no queda tan lejos de donde estaba el muchacho humano que acaba de perder a su familia, en un apartamento de Santiago Centro, estaban todas las ventanas cerradas, cubiertas con pedazos de diario y pedazos de cartón.

El apartamento donde estas personas vivían estaba completamente oscuro de día a causa de los diarios y los cartones. Una figura solitaria se encontraba acostada en el sillón del apartamento. Una figura que no es humana, una figura pálida, una figura que resalta todo tipo de belleza.

Un adolescente, o, por lo menos, aparenta serlo. Tiene el pelo corto, como el de un muchacho. Su pelo también es liso y es de color negro. Él siempre usa ropa negra: chaqueta de cuero, jeans negros rasgados, una polera manga corta negra que tiene una camiseta sin mangas de color negro debajo, además de siempre usar botas negras en sus dos pies.

Él es un *vampiro*. Un vampiro que fue convertido hace años. Él tiene ojos rojos, rojos como la sangre, rojos como la rabia, rojos como un atardecer sangriento. Sus colmillos aparecen solo cuando él los permite, y decide mostrarlos. Y tiene rasgos andróginos, para variar.

Mateo. Mateo Alejandro Lundy Minerva. Los apellidos "Lundy Minerva" los lleva desde que llegó al mundo por primera vez.

Mateo estaba despierto, mirando hacia la ventana, cubierta con pedazos de diario. Obviamente, eran diarios de El Mercurio y La Tercera, algo que él detestaba. En El Mercurio, hay noticias como "descuartizamiento de un joven provocado por una secta satánica". Puras noticias pesimistas.

Y en La Tercera, se mostraban noticias de la farándula, como por ejemplo, la Cecilia Bolocco diciendo: "deberían comer menos", en vez de mostrar noticias de verdad. Sebastián Badilla diciendo que "sacará una nueva película" (una tragedia que a nadie le importa ni haya deseado).

8

Mateo quería que mostrasen que importan. Noticias que merecen ser mostradas y contadas, de la manera más gentil posible.

Pero no. A él le enferma esto. La farándula, los famosos, la clase alta.

Mateo revisa el reloj que estaba en la pared. Un reloj circular, un reloj que hacía tick, tack, tick, tack, tick, tack, tick, tack. Lo clásico. Eran las 5 de la tarde, que en el horario vampiro, representaban las 5 de la mañana. Suena raro, pero es verdad.

Mateo suspira. Y decidió levantarse de aquel sillón. Un sillón casi viejo, con marcas de que fuera a extinguirse prontamente. Marcas que se parecen demasiado a las marcas de un gato que rasguña el sillón repetidamente. Así se ve. Rasgado.

Él camina hacia el refrigerador del apartamento, y al abrirlo, ve cuatro botellas de sangre descansando. No hay nada más. No hay comida, no hay verduras, no hay ni mantequilla, no hay yogures, nada. Nada de nada. Solo cuatro botellas de sangre, sangre humana, al parecer.

Mateo y su familia no consumen sangre de animal. Los enferma, les hacen vomitar sangre negra. Una vez intentaron probar la sangre de un perro que no paraba de ladrar. Al morderlo, ellos sintieron el asco y no paraban de vomitar. El vómito duró como unos 5 o 6 minutos.

Mateo saca la sangre. Una botella. La tercera botella. Y cierra el refrigerador casi gentilmente. Abre la botella y empieza a beber la sangre. Se escuchan los sonidos fuertes de él tragando la sangre. Sonidos demasiado fuertes.

Mateo bebe la mitad de la botella. Deja un 50% de la botella con sangre. La logra cerrar. Y él logra exclamar casi calladamente de placer. La sangre es lo único que a él le provoca una especie de éxtasis, una especie de orgasmo, una especie de placer.

La sangre es todo. La sangre es vida. La sangre es placer.

Vuelve a dejar la botella en el refrigerador, acomodándola en su posición original. En su lugar de tercera botella.

Vuelve al sillón y lo único que él atina a hacer es encender el televisor que estaba en el living. Lo enciende, y logra prenderse lentamente. Como en un desvanecimiento lento, ese que se ve en las películas y series.

El televisor se enciende. Y justo se muestran las noticias.

Siguen hablando de la Cecilia Bolocco, y su descarado, asqueroso y polémico dicho, el mismo que se mostró en el diario que Mateo vio.

Mateo hace muchas muecas de asco, una que dice mil palabras, entre ellas: "No otra vez con la misma mierda, por favor".

Cambia de canal, y se muestran las noticias en cada canal, noticias diferentes a la otra. Al parecer no hay cable en este televisor. Está viejo y pronto va a extinguirse. *Pronto.*

Mateo cambia de canal, esperando encontrarse con un canal que valga la pena ver. Pero no, todo se repite. Un ciclo sin fin de noticias innecesarias sobre gente de la clase alta. Nada entretenido, nada digno de ver.

El Tvn, el Canal 13, el Mega, etc. Todo se repite.

Mateo se cansa de esto y decide apagar el televisor. Suspira, aburrido. La misma mierda de siempre.

"¿Mateo?" pregunta una voz joven, una voz que proviene de una chica también adolescente. Mateo, al escuchar esa voz, gira hacia su hermana gemela:

Alice.

Ella es otra vampiro adolescente, de 18 años de edad, también una vampiro que también ha sido convertida hace años atrás. Piensen en ella como una chica con pelo corto y liso. La chica que aparenta ser la más dulce con la que te puedas encontrar. Una bestia disfrazada de oveja. Una chica que resalta la inocencia, pero no es del todo inocente. Así es Alice.

Alice luce casi confundida. "*¿Qué estará haciendo mi hermano?*" es lo que piensa ella.

"Hola, Alice" dice Mateo. "¿Cómo estás?"

"No pude dormir".

"¿No pudiste dormir? ¿Tuviste el mismo sueño de antes?"

Alice asiente con la cabeza. Mateo entiende esto. El sueño - o pesadilla - que su hermana tuvo.

"Hmm. Entiendo".

"¿Tú también tienes sueños así?" pregunta Alice.

"Bueno, no siempre. Pero a menudo sí"

"¿De qué son?"

"Fácil. De yo perdiendo a la familia sin poder hacer nada al respecto" respondió Mateo.

Alice entiende esto, y asiente con la cabeza.

"Pero bueno, no hay nada que pueda hacer para que esos pensamientos se vayan" dice Mateo, quien luego suspira y se levanta del sillón. Él le sonríe a su hermana.

"Vamos a dormir"

Ella extiende su mano hacia Alice, quien la toma.

Ambos se van caminando por el pasillo del apartamento hacia sus piezas. Excepto que Alice va hacia otra pieza.

"¿Vas hacia mamá?" le preguntó Mateo a Alice, quien le asintió con la cabeza. Mateo le sonríe.

Alice

En la pieza de los padres, cuyas ventanas también están cerradas con diarios y cartones, una figura femenina duerme en la cama. Una figura mayor que Mateo y Alice. Una mujer joven. Otra mujer vampiro.

María Minerva. Aparenta 35 años de edad.

Su pelo es corto hasta su cuello, y liso, además de tener una chasquilla en su pelo. Tiene un pelo bello. Además también viste ropa oscura, al igual que sus hijos.

Su cuerpo parece como si fuera construido por los mismos dioses. Es un cuerpo bello y sensual.

Además, tiene los ojos del mismo color y con los mismos rasgos que su hijo: Rojos. La mujer más bella con que te puedas encontrar.

La figura que entró a la pieza mira a María dormir en la cama, con las manos cruzadas, boca arriba.

La figura que entró a la pieza no es nadie más que Alice.

Alice mira a María, durmiendo pacíficamente en su cama. Al lado de ella, hay una marca de alguien que estuvo durmiendo. Alguien que salió de la pieza hace unos minutos.

Alice aprovecha esta oportunidad: Se sienta en la cama y se quita sus botas negras. Al terminar, ella se mete encima de la cama, quedando al lado de María. Alice la sacude lentamente.

"Mamá. Mamá" le susurró Alice, quien está sonriendo, a su madre.

María, al reaccionar a estas sacudidas, suelta gemidos y sonidos de queja.

"¿Qué?" pregunta María, sin siquiera abrir los ojos.

"¿Te puedo hacer una pregunta? Será una pregunta corta, ¿ya? Lo prometo"

"Oh, por favor, déjame descansar" gruñe María.

"Oh, mi querida madre, resulta que no puedo: El cielo abrió sus ojos, pero nosotros los mantenemos cerrados. Y lo que hace que mis dos ojos no estén cerrados es una sola pregunta qué debo hacer." dice Alice, en un tono de voz muy de una reina del teatro y del drama.

María suspira, logrando despertarse y acto seguido refresca sus ojos y bosteza. Mira a su hija sonriente.

"¿Qué es lo que me quieres preguntar, hija?"

"¿Cómo conociste a papá?" le pregunta Alice a María, quien rápidamente sonríe, con una expresión que dice una pregunta: "Ah, ¿quieres saberlo?"

"¿En serio quieres saber esa historia?" pregunta María. Alice sigue sonriendo, como un cachorro emocionado.

María le sonríe, no le puede decir que no a su hija. Pero al mismo tiempo, Alice no sabe que su madre está a punto de mentirle: Lo que María le dirá a su hija no son nada más que mentiras.

"Sí quiero saberla" dice Alice. María luego empieza a recordar los hermosos momentos que compartió con su querido marido. Suelta una risa entre dientes.

"Nos conocimos en una fiesta. Estuve en una fiesta muy aburrida, nadie habló conmigo. Hasta que un héroe me salvó de aquel aburrimiento. Ahí fue cuando conocí a tu padre. Hablamos toda la noche. Él me contó historias muy interesantes. Historias que él mismo inventó en su cabeza. Empezamos a salir más seguido. Y luego, empezamos a estar juntos. 9 años después nos casamos, y 10 después, los tuvimos a ustedes. Los hijos más hermosos que una madre y un padre puedan tener" dijo María, sonriendo.

Alice sonríe al escuchar eso. Una historia muy bonita.

"Mamá, ¿lograré casarme algún día?" pregunta Alice, curiosa.

"Claro. Sí te casarás algún día, y si no es así, entonces en otro momento" responde María.

"Pero, ¿con quién?" pregunta Alice.

"Ya verás. Ya encontrarás a la persona que amarás por toda la eternidad" responde María. "Debes tener paciencia. Yo la tuve antes de conocer a tu padre, ¿de acuerdo?"

"Paciencia. Entiendo" responde Alice.

"¿Era eso lo que me querías preguntar?" pregunta María.

"Ajá" responde Alice, sonriendo y asintiendo con la cabeza. María le sonríe, Alice le devuelve la sonrisa.

Luego, Alice bosteza y se acomoda al lado de su madre, quien permite esto. Alice se acurruca al lado de su madre, quien gira su cuerpo hacia su hija. Ambas duermen juntas.

Entrando a la pieza, llega una figura mayor, aparentando los 38 años de edad.

David Lundy. El padre, el líder.

Él tiene pelo corto y negro, piel pálida, ojos rojos como los de sus hijos y esposa, y orejas puntiagudas.

David sonríe al ver esta escena, y camina hacia la cama. Se sienta, se saca sus botas negras, y se acuesta en la cama, estando acurrucado al lado de Alice. Llega un corto momento en el que él y su mujer se miran, se sonríen y cierran sus ojos. Empiezan a dormir.

Luego, alguien más entra en la pieza. Es Mateo, quien se sienta en la cama, se saca sus botas negras, y se acurruca al lado de Alice y David.

La familia está durmiendo juntos. Los hijos duermen con sus padres, justo cuando eran niños. Un momento dulce.

Los Lundy

Ya pasadas las horas, el cielo ya se oscureció.

Ahora se marcan las 9 de la noche. El living del apartamento ahora está completamente oscuro.

La familia sale de la pieza de los padres, bostezando y caminando hacia el living. Prenden las luces, ahora no todo es oscuridad.

"Por fin, algo de oscuridad afuera" dice María, quien camina junto a su esposo.

Lo que la familia atina a hacer ahora es sacar los pedazos de cartón y diario de las ventanas. Lo hacen juntos, no hay ningún miembro de la familia que no lo haga.

"Recuerden: Los llevamos al auto. Pondremos los pedazos en el maletero" dice David.

"¿Y si no hay espacio en el maletero? ¿Los ponemos con nosotros en los asientos de atrás?" dice Alice.

"¿Qué tal esto? Pongamos una mitad en el maletero y otra mitad en los asientos de atrás, ¿les tinca?" pregunta María. Al parecer su idea es muy convincente. Los demás asienten con esa idea.

Al terminar, los Lundy caminan hacia la gran ventana del living, y la abren. Llegan hacia el balcón y logran saltar hacia el estacionamiento del apartamento, logrando aterrizar de pie. Caminan hacia su auto: Un auto gris que robaron hace unos años atrás. Parece y se ve que está limpio.

David abre el auto con sus llaves. Los hijos van por los asientos de atrás, dejando la primera mitad de los cartones y diarios en el espacio libre de los asientos. Los padres van por el maletero, dejando la segunda mitad adentro del maletero. Al terminar, cierran las puertas de los asientos de atrás y del maletero.

"¿No se nos queda nada?" pregunta Alice. Los demás niegan esto. "Mateo, ¿dónde está tu navaja?"

"Aquí está" dice Mateo, quien saca una navaja automática mediana de su bolsillo. Una navaja que lo ha estado acompañando desde hace meses.

"Perfecto. Supongo que eso sería" dice Alice.

La familia se sube al auto, cerrando sus puertas. David conduce el auto, y se va junto a su familia del estacionamiento. Llegan hacia el portero que está justo cerca de la salida.

"¿Se van?" pregunta el portero.

"Oh, es solo un pequeño viaje nada más" le responde David al portero, sonriente. El portero se convence con esto y logra abrir la reja. Ya estando abierta completamente, la familia se va del estacionamiento, y del apartamento. David le agradece al portero, y se va.

El viaje es callado, nadie dice nada. Mateo y Alice solo atinan a ver a través de sus ventanas las calles que pasan por la ciudad de Santiago Centro. El Santiago nocturno. El Santiago que casi no duerme.

A través de su ventana, Mateo mira como hay pandillas de jóvenes riendo en manada.

A través de su ventana, Alice mira a una persona sin hogar durmiendo en la calle.

"De veras que siento pena por él" es lo que está pensando Alice en este momento.

Después de dos horas de viaje, la familia cruza una gran carretera. La gran luna llena se muestra en el cielo. María la observa, encantada, asombrada, sonriente.

David prende la radio. Su canción favorita "Entre Caníbales" de Soda Stereo suena en una estación de radio donde pasan canciones del pasado y del ayer. David mira al frente, sonriente.

"Cerati. Una mente maestra" dice David. La familia sonríe ante esto. Mientras la voz de Gustavo Cerati canta la canción, David la tararea calladamente. Luego, él mira algo al frente suyo.

"Ah, miren nada más. Ya llegamos" dice David. La familia mira al frente. Un letrero de madera a punto de ser viejo.

MALA SANGRE

BIENVENIDOS A COLINA DE ROBLE
Bienvenido A
Tu Nuevo Hogar

El auto de los Lundy pasan al lado del letrero. El auto se adentra en el pueblo, que, por las noches, se vuelve vacío. Se vuelve un pueblo fantasma.

Mientras el auto recorre el pueblo, la familia nota que hay un pequeño par de personas que deambulan por las calles. Y la poca mayoría está en el bar. Su lugar favorito, por lo que podemos notar.

El auto pasa a través de los barrios, las ruedas cruzan el suelo arenoso. Pasan al lado de un gran parque, que no tiene nada más que dos columpios y una gran roca para que la gente pueda sentarse.

Y luego, llegan hacia un vecindario que es tranquilo, pacífico, callado y solitario. La calle *"Jerusalem"*.

Justo al final de la calle, hay un parque pequeño, que solo está conformado por dos columpios, un juego sube-y-baja, y un juego con tobogán estrecho y derecho.

David empieza a fijarse en las casas. Y luego, centra sus ojos en una casa en específico.

Una casa roja. De un piso.

"Esta se ve interesante..." dice David, casi calladamente.

David estaciona el auto al frente de la casa roja. No hay ningún auto estacionado adentro.

David detiene el auto, y saca las llaves. Él suspira, gira hacia su esposa, quien lo mira a él. Acto seguido, giran a ver a sus dos hijos.

"Recuerden: rápido y sin dolor" dice David. Sus dos hijos asienten con la cabeza.

Salieron del auto, cerraron sus puertas y se dirigieron a la pequeña reja negra que separa el patio delantero de la casa roja de la calle.

La familia ve la reja negra. Mateo la empuja lentamente, queriendo ver si está abierta.

Y lo está.

La familia se sorprende, y caminan hacia la puerta principal de la casa. Mateo empieza a investigar, revisando las demás ventanas de la casa. La puerta principal de la casa está entreabierta.

La familia se detiene al frente de la puerta entreabierta. David es el primero en abrir la puerta. Él y su familia se quedan ahí, afuera del living de la casa. Pero David siente algo extraño, algo que él (aparentemente) no había sentido antes.

"No siento a nadie aquí con vida" dice David.

"Oigan" dice Mateo, los demás giran a verlo. Él está parado al lado de una ventana completamente abierta. "Vengan a ver esto"

La familia camina hacia donde él está, y se paran al lado de la ventana abierta. Logran encontrarse con *lo que hay* adentro... o con *quien* está adentro.

Dentro de la pieza, que es la pieza principal, hay un hombre, probablemente de 40 años, yaciendo en la cama, desnudo, con la cama ordenada, y con una escopeta aferrada a su mano izquierda. Sus sesos acaban de ser volados, con una gran mancha de sangre en la pared detrás de él, además de tener pedazos pequeños de cerebro pegados a la pared. La cara del hombre está mirando hacia abajo.

Un suicidio.

La familia se pone en shock al ver esta escena. Se sorprenden, se aturden. Lo que es más sorprendente es que sean criaturas chupa sangre y se sorprendan al ver el resultado de un suicidio no fallido.

"Oh, no" dice María, cubriéndose la boca.

"¿Qué creen que le haya pasado?" pregunta Mateo. Lo que David atina a hacer ahora es lograr darse cuenta de que hay una carta en el mueble al lado de la cama, con unas pequeñas gotas de sangre salpicadas. Una nota que está doblada a la perfección, pareciendo un cuadrado. David logra ver la nota.

"Eso es lo que voy a averiguar" dice David, quien se adentra en la casa, entrando a través de la ventana. Como no hay ningún alma viva en la casa, los Lundy pueden entrar con mayor facilidad. Sin ningún problema. Los demás miembros de la familia también entran a la casa a través de la ventana, uno por uno: Primero María, luego Alice y al terminar, Mateo.

Logran entrar, mirando alrededor de la pieza.

"No es tan grande que digamos" dice Alice. David camina hacia la nota, y logra abrirla. Hay un gran mensaje escrito en la nota, con lápiz grafito negro. Los demás notan a David con la nota en sus manos.

David lee el mensaje en la nota:

"Querido lector, has encontrado esta nota que yace al lado de mi cadáver. Abrí la ventana para que el mal olor no se esparciera por toda la pieza. Además, ordené la cama para que tu no tengas que hacerlo. Felicidades, pronto entenderás lo que hice, y por qué. Hace unos años conocí a una bella mujer, se llamaba Rosalie. Nos conocimos en un bar, y al conversar, rápidamente nos enamoramos uno del otro. Años después nos casamos, fue una gran boda, una boda inmensa, gigante, etc. Nos mudamos a este pueblo cuando ella quedó embarazada. 8 meses después, ella dio a luz a nuestra pequeña hija... quien falleció al nacer. Y no solo eso, un mes después de lo acontecido, mi bella esposa se quitó la vida con el arma que estaré trayendo en mano cuando ustedes me encuentren. Yo me quedé solo, sin esperanzas. Hasta que decidí tomar la decisión. La decisión de volver a ver a mi mujer en el cielo. Quien sea el lector de esta carta, si no tienes hogar, si no tienes casa, o algún lugar donde quedarte, esta ahora es tu casa. Cuídala, como yo cuidé a mi Rosalie.
Adiós. Con amor, Roberto"

David termina de leer la nota. Él suspira. La familia ahora entiende lo que acaba de pasar. Quedan un poco tristes, aunque no explícitamente. David baja la nota y la deja de vuelta en el mueble, que también contiene una foto de una mujer rubia, hermosa, con un vestido de novia, y sonriente ante la cámara: *Rosalie*.

David mira la foto por unos cortos segundos. María se acerca a él y lo abraza por detrás, hundiendo su cara en la espalda de su marido.

Minutos más tarde, Mateo y David están cavando un hoyo en el patio trasero de la casa roja. Al terminar, Alice y María traen el cuerpo de Roberto, cubierto con una manta blanca, y lo dejan cuidadosamente dentro del hoyo. Mateo y David entierran a Roberto, cada uno con una pala. Al terminar, se paran enfrente del cuerpo ahora enterrado bajo tierra. No dicen nada. Se quedan en silencio.

"Descansa, Roberto. Ojalá estés con tu bella esposa en el cielo" dice Alice. Las únicas palabras que ella le dice al humano extraño que ni siquiera conoció en la vida real, ni antes. Ella le tiene lástima a él. Tal vez ella sabe lo que se siente perder a un ser querido a tan corta edad. O tal vez ella solo siente pena por él y ya está. Alice y su familia caminan de vuelta hacia su auto.

Ya dentro de la casa, la familia Lundy procede a poner los pedazos de cartón y diario que sacaron del auto hace unos minutos. Ponen los cartones y diarios en el living, el baño, la pieza principal, la pieza que ahora es de Mateo, y la última pieza que ahora es la de Alice. También, en el refrigerador, ponen las cuatro botellas con sangre que se llevaron de lo que solía ser su apartamento.

Al terminar, David y María limpian la pieza principal, que ahora es su pieza. Limpian la sangre seca, cambian las sábanas, y ponen la escopeta en el clóset de la pieza. La familia ya hizo su parte, ahora solo queda descansar.

En el comedor, la familia Lundy se sienta en sillas, cada uno con unos vasos de vidrio con sangre dentro de ellos. David y su familia alzan los vasos. Y juntos, dicen una frase clásica de la familia: "Por nosotros ahora, por nosotros más tarde". Beben la sangre, y exclaman de placer al terminar. Este va a ser un nuevo comienzo para ellos.

Marco

Y de repente, me desperté en medio del pronto amanecer. Otra pesadilla, otro recuerdo malo, otro mal sueño.

Otro recuerdo del choque. El choque automovilístico donde perdí a mis padres.

Ocurrió hace 2 meses atrás, pero no quiero entrar en más detalle sobre aquel momento. Solo diré que perdí a mis dos padres. Eso es todo.

Reviso mi celular, son las 5:59. Y luego cambia a las 6:00.

Yo atiné a suspirar. Y vuelvo a descansar mi cabeza en la almohada. Mi celular sigue en mi mano, descansa en mi pecho. Lentamente respiro con tranquilidad.

Y luego atiné a abrir el mueble que estaba al lado de mi cama, o más bien, la cama de la pieza de invitados de la casa de mi tío

He estado viviendo con él hace dos meses después del choque. Una puta pesadilla.

Abrí el mueble al lado de la cama, y ahí encuentro mis audífonos con cable. Los tomé, desenredé, y los conecté a mi celu. Me los puse en mis oídos.

La canción que puse fue "Time" de David Bowie. Una de mis canciones favoritas. Bowie fue el primer cantante que escuché.

De hecho, fue mi madre quien me lo presentó con "Starman", su canción favorita de él, y pasó a ser mí canción favorita de él.

Escuché "Time" y descansé mi cabeza en la almohada. Cerré los ojos y dejo que Bowie le cantase a mis oídos. Su voz me relaja. De hecho si él estuviera vivo, le agradecería por haber creado la canción "Starman" en primer lugar, y por haberle despertado un gran gusto por la música a mi madre.

Esas fueron las palabras que Marco logró escribir en su diario de vida. Un mediano libro con páginas y hojas vacías que su madre compró en una librería meses antes de fallecer en el choque.

Marco escribe en su diario de vida un día sábado, sentado en su cama, a las 2 de la tarde, justo después de haber almorzado. Él deja de escribir, y apoya su cabeza en la pared. No sabe qué más escribir. Hasta que se le vienen unas ideas a su cabeza. Vuelve a escribir:

Mi tío no me ha conseguido un psicólogo, o una psicóloga. No tengo a nadie con quien hablar sobre mis problemas emocionales, y mis problemas en casa... Solo espero morir algún día.

Marco mira estas últimas palabras que ella ha escrito, esa última frase que, si alguien bueno leyera eso, se preocupa al instante: *Solo espero morir algún día.*

Marco suspira, cierra y se lleva su diario de vida y su lápiz pasta roja con ella. Marco se va de la pieza, que está ubicada en el primer piso de la casa de Ricardo.

Marco camina hacia el living, caminando hacia la puerta principal. Llega hacia la puerta, y justo pone su mano en la manilla.

"¿Por fin te vas a morir?" dice Ricardo, quien está sentado en el sillón, viendo la tele. Ni siquiera se atreve a mirar a Marco, quien se congela por un pequeño momento, cerrando sus ojos y suspirando. Luego, él vuelve a abrir los ojos.

"Ojalá fuera así" dice Marco, quien abre la puerta principal y la cierra, logrando salir de la casa de Ricardo.

Marco camina hacia la calle de la casa de Ricardo: La calle Hale. También tiene un parque al final de la calle, el mismo parque que tiene una gran roca para que las personas descansen y apoyen sus espaldas, además de tener los dos columpios y nada más. Marco camina hacia allá, sin importarle nada de nada.

Justo sus vecinos se están peleando, Marco logra escuchar esto, que ocurre dentro de esa casa. Platos rompiéndose, garabatos, insultos, puteadas, etc. Marco mira la casa por unos segundos, pero luego, no le presta mucha atención a esto y sigue caminando. Logra llegar hacia el parque a la salida de la calle Hale.

Se apoya en la gran roca, sentándose en el suelo arenoso. Y luego, abre su diario de vida, y empieza a escribir otra vez:

Tan pronto como salí de la casa, caminé rápidamente hacia el parque ubicado a la salida de la calle Hale.

Me volví a estresar, otro día soportando al saco wea de mi tío. Nunca deja de hablar mierdas hacia mí. Nunca deja de ser un completo imbécil.

Salí de la casa, vistiendo una polera manga corta, unos blue jeans y zapatillas rojas. El día está caluroso.

En mi bolsillo del pantalón, tenía una cajetilla de cigarros que había comprado usando la plata que le robé a mi tío en secreto.

Apenas llegué al parque, rápidamente me senté en la gran roca del parque, que además de tener esa gran roca, solo tiene dos columpios que creo que están a punto de hacerse mierda. El parque es chico.

Me senté en el suelo arenoso, apoyando la espalda en la gran roca. Y aquí estoy, escribiendo en mi diario de vida. Además, en mi bolsillo, tengo una cajetilla de cigarros que también le robé a mi tío, además de un encendedor que también le robé a mi tío.

Marco deja de escribir. Él suspira. Cierra su diario de vida, lo deja en su lado izquierdo. Acto seguido, saca la cajetilla de cigarros de su bolsillo derecho, sacando un cigarrillo de la cajetilla. Pone la cajetilla al lado del diario de vida. De su bolsillo izquierdo, saca el encendedor de su tío. Pone cigarrillo en su boca, y lo prende con el encendedor.

Marco fuma, poniendo el encendedor al lado del diario de vida y al lado de la cajetilla. Sigue fumando. Al parecer esta es su rutina diaria: Sale de la casa de su tío por unos momentos para tener un pequeño descanso de la vida que él está viviendo.

Él admira la tranquilidad de todo: El día soleado, casi nostálgico, con nubes en el cielo. La brisa de la playa que se escucha desde ahí.

Las aves volando en el cielo. Todo es paz y armonía para él en este momento.

Lunes

Ugh, más escuela. No entiendo porque sigo yendo a ese lugar de mierda. Nada bueno me ocurre ahí. No tengo amigos, no tengo polola, no logro socializar, etc.

Todo es sufrimiento ahí, es una cárcel, hasta los profes te putean. Y para qué hablar de la profesora Matute, una verdadera mierda de persona. Justo tenía que ser la profesora de matemáticas, la materia que a mi más me cuesta, y aún más si ella es la que nos enseña.

Ojalá e la escuela se pueda quemar pronto.

Esas son las palabras que Marco terminó de escribir en su diario de vida. No había escrito nada en el domingo. Cada vez que Marco va a la escuela, siempre viste la misma prenda típica de las escuelas: Los varones usan pantalones, las chicas usan faldas.

Además, las prendas no tienen color, son grises, sin vida. Marco detesta esto, una de las cosas que él más detesta de la escuela son las prendas.

Marco va solo a la escuela. Su tío trabaja temprano como cantinero en el bar más famoso del pueblo, "El Colmillo Bebedor". Nombre extraño, pero nada que hacerle.

Ricardo se lleva más bien con los clientes del bar que con su propio sobrino. Él piensa que ellos son más "razonables" que Marco, considerando el hecho de que los clientes no son nada más que unos borrachos compulsivos pasados a cerveza y vómito.

De vuelta con Marco, él va solo a su escuela, caminando hacia el paradero más cercano a la salida de su calle. Si eso no funciona, si el bus que lo lleva hacia el paradero que está cerca de su escuela no llega, él se va caminando o, en otras ocasiones, toma un taxi. A veces llega tarde, y en otras veces llega a la hora.

Marco camina hacia el paradero de los buses. El bus que lo deja en el paradero más cercano a su escuela llegó después de 3 minutos de espera.

MALA SANGRE

Si el bus iba lleno, Marco iba parado, sujetándose de una manilla. Si el bus iba vacío (que para Marco es todo un milagro), Marco iba sentado, viendo su pueblo pasar.

Marco logra llegar al paradero, bajándose y caminando 2 cuadras hacia su escuela. Al llegar, él camina junto a los niños, adolescentes y jóvenes que entran también al lugar.

Lo que siempre pasa en las mañanas, acaba de pasar: Marco es empujado bruscamente, cayendo al suelo, herido. Todo esto es causado por Guillermo, el matón de la escuela. El bully. El cazador. El más fuerte. De 15 años de edad, con una cara llena de pecas, ojos verdes, y un cuerpo atlético.

Guillermo y sus dos amigos - Franco y Javier - caminan junto a él. Franco es un cabro de pelo rubio y liso. Se unió a Guillermo cuando solo tenía 14 años. Javier es el más bajo del grupo, tiene el pelo corto, negro y es feo. Digamos, deforme. *Demasiado.* Y por algún motivo, no es puteado por Guillermo, ni por Franco.

Los tres son como hermanos, molestando, acosando y con la habilidad de destruir los sueños y esperanzas a los demás que se les crucen en su camino.

Los estudiantes les temen, los profesores, hasta el director, no pueden hacer nada para expulsarlos de la escuela, porque, según ellos, *"si los más débiles no pueden defenderse, no hay necesidad de poner cargos en contra de sus agresores, porque es culpa que ellos de que los anden molestando".*

Marco está en el suelo, adolorido por la fuerte caída. En cambio, Guillermo y sus dos amigos ríen a carcajadas.

"¡Deja pasar, maricón!" grita Guillermo, cagado de la risa. Él y sus amigos caminan hacia la entrada de la escuela, logran entrar, empujando a los que se cruzan en su camino. Marco se levanta lentamente, ninguno de los otros estudiantes, ningún niño, adolescente o joven se detiene a ayudarlo. Ya de pié, Marco camina hacia la entrada de la escuela, y logra entrar, caminando por el pasillo del primer piso.

Ya en clases, los estudiantes del segundo medio escribían en sus cuadernos, mientras que el señor Stoker explicaba sobre poesía, sobre Gabriela Mistral, Pablo Neruda, entre otros.

Al señor Stoker le apasionaba esto, era su tema favorito, creció leyendo poesía, y por algún motivo, terminó en una mala escuela, pero oigan, miren el lado positivo: al menos él está enseñando un tema que le gusta mucho. El único profesor apasionado de la escuela.

Todos le prestan atención, todos escriben en sus cuadernos, anotando apuntes sobre lo que el profesor está diciendo.

Marco también lo hace. Él escribe lo que el profesor dice, tal vez sea algún apunte necesario para aprender en alguna prueba de aquí a futuro. Tal vez no.

El señor Stoker era el único profesor con el que Marco podía hablar de todo, con el que podía identificarse. Son muy buenos amigos. Es casi como si Marco tuviera un padre, o una figura paternal, ahora mismo.

Y para su mala suerte, justo detrás de Marco, están sentados los tres matones, para variar. Ellos tampoco prestan atención en clase, solo ríen silenciosamente como unos sádicos. El profesor no nota esto, solo sigue enseñando y diciendo su pasión por la poesía en la clase.

Marco se queda ahí, escribiendo lo que dice el profesor, intentando concentrarse. Los tres matones solo tienden a insultar, garabatear, putear, ridiculizar, y reír. Esto molesta a Marco, quien solo tiende a intentar seguir concentrándose en su escritura.

La verdad es que esta no es la primera vez que ha pasado. En clases de Ciencias Naturales, Matemáticas, Religión, Arte, etc, siempre pasa lo mismo.

Y por algún motivo que probablemente ya conocemos, los tres matones *siempre* se sientan atrás de Marco.

Aunque él se cambie de puesto, los tres matones van detrás de su puesto, y obligan al que está sentado ahí a irse, si no se va, le sacan la cresta. Así de simple. Así son las cosas aquí, en este establecimiento: Los más fuertes mandan, los más débiles obedecen (a regañadientes).

"¿Pueden, por favor, callarse?" es lo que está pensando Marco ahora mismo. Ese pensamiento, ese instinto, esa fuerza que él quiere sacar pero no puede. Si lo hace, le sacan la cresta. Pero si no lo hace, tendrá que soportar lo mismo de ellos por esa clase. O tal vez, aunque él lo haga, nunca van a parar.

La respiración de Marco empieza a agitarse, sus latidos del corazón empiezan a alterarse, a sonar muy rápido de lo habitual.

Ba-dum, ba-dum, ba-dum, ba-dum, ba-dum.

No puede aguantarlo, Marco quiere que los tres matones se callen, y para bien. Que dejen de ser unos imbéciles y que por fin se callen, que cierren sus sucias bocas de una vez por todas.

Ba-dum, ba-dum, ba-dum, ba-dum, ba-dum, ba-dum, ba-dum, ba-dum, ba-dum, ba-dum.

Los latidos del corazón de Marco se intensifican, ya no puede aguantarlo más. ¡ZAS! Golpea su puesto, se levanta y gira hacia los tres matones, y grita a todo pulmón:

"¡CÁLLENSE! ¡CÁLLENSE YA, BANDA DE CERDOS!"

Y toda la sala se vuelve un completo silencio. Los compañeros están atónitos, los matones están atónitos, hasta el mismo señor Stoker está atónito. La cara de Marco está roja, llena de furia. Regresa hacia su puesto, y suelta un largo suspiro. No tarda mucho para que Guillermo se incline hacia él y le susurre hacia el oído:

"Estás muerto..."

Lo que pasó, pasó: Marco fue enviado a la oficina del director, Luis, donde el señor Stoker le explica al director sobre lo que ocurrió en clase. Marco se sienta en la silla, mirando hacia abajo, sin hacer nada. Ya terminando de contar su versión de la historia, el señor Stoker se detiene. El director Luis no está para nada contento con esto.

"Gracias, profesor Stoker. Puede volver a su sala de clase" dice Luis, calmado. Stoker se mira algo extrañado, confundido.

"¿Está seguro, señor Luis?" pregunta Stoker.

"Sí. Muy seguro. Completamente seguro. Gracias. Puede retirarse. Cierre la puerta al salir, ¿de acuerdo?" le responde Luis. Stoker comprende esto. Él luego se levanta, mira a Marco otra vez, y se va, cerrando la puerta. Ahora es Luis con Marco. Luis suspira, decepcionado.

"Me tuve que defender, ¿ya? No podían dejar de hablar" dice Marco.

"¿Llamaste a mi hijo un cerdo?" pregunta Luis, ojos cerrados, decepcionado. Ahora sabemos esto. Guillermo es hijo de Luis, lo cuál podría explicar porque el bullying es permitido en ese lugar. A Marco le sorprende esto, lo pone en shock.

"¿Qué? Ósea, ¿no va a hacer nada?" pregunta Marco.

"Marco, ¿acaso tienes pruebas de que mi hijo te esté molestando?"

"Bueno, no, no las tengo..."

"Bien, entonces no tengo cómo ayudarte. Sal de mi oficina"

"Ah, ¿ósea no me va ayudar? ¿Usted quiere tratarme como un imbécil? ¿Es eso lo que usted quiere?"

"Sal de mi oficina, ahora"

Marco se levanta, y camina rápidamente hacia la puerta. La abre y la cierra con fuerza.

Pasaron las horas, y llegó la hora donde todos los estudiantes salen de la escuela. A las 4:45 de la tarde. Los niños son recibidos por sus padres, los adolescentes se van con sus padres, mientras que algunos se van solos, y los jóvenes se van solos, o acompañados, o con nadie a sus lados.

Marco camina solo, sin ningún amigo quien lo acompañe, quien hable con él o quien ría con él. No, él camina solo. No pertenece a ningún círculo social. Él camina hacia la salida de su escuela.

Minutos después, él camina en un barrio, sus zapatillas pisan el suelo arenoso. Como ningún bus pasaba por el paradero que él frecuenta para que él vaya a su casa, él se fue caminando, su mochila armada en su espalda. Marco solo camina.

"*¡Oye, maricón!*"

Un grito a la distancia. Marco gira hacia aquel grito y ve a alguien, o más bien, a tres adolescentes, casi lejos de él, detrás suyo.

Guillermo y sus amigos... obvio.

"Mierda..." murmura Marco, devolviendo su vista al frente, harto de esto. Empieza a caminar rápidamente. Los tres matones lo siguen, caminando rápidamente como lo hace Marco.

"Oye, no te vayas, solo queremos hablar" dice Guillermo, sonriente. Él y sus amigos ríen. Marco sigue caminando. Intenta no prestarle atención a esto. "Vamos, solo por un rato"

"¿Qué mierda quieren ahora?" pregunta Marco, girando hacia atrás, para luego devolver su mirada al frente.

"¿Te estás haciendo el valiente?" pregunta Javier.

"No" responde Marco, y murmura: "Déjenme en paz"

"¿Qué dijiste, maricón?" pregunta Franco.

"Déjenme en paz" dice Marco, en un tono de voz normal.

Los tres matones empiezan a seguirlo, caminando más rápido de lo normal. Marco escucha los pasos, y empieza a correr. Los tres matones también corren, empiezan a perseguirlo. Son más rápidos que él.

Guillermo logra alcanzarlo, y lo empuja bruscamente, de la misma manera que lo empujó a la entrada de la escuela, pero esta vez, más fuerte, y con mucha más fuerza. Marco cae al suelo arenoso, estrellando su cuerpo y manos.

Los tres matones proceden a golpearlo, y a patearlo. Marco no tiene ni cómo defenderse, él es débil. Él solo exclama de dolor. Es Guillermo quien lo golpea cinco veces en la cara y solo una vez en el estómago. Lo agarra de la ropa.

"Vuelve a llamarme un cerdo, vuelve a insultarme, y te lo juro, hijo de puta, te juro que te voy a matar, ¿ya? ¡ME ESCUCHASTE! ¡TE VOY A MATAR!" le grita Guillermo a Marco, quien cierra sus ojos. En su fosa nasal izquierda, sale una línea de sangre. Guillermo se asquea por esto, y deja caer a Marco en el suelo.

"Vámonos nomás. Que atropellen mejor a la rata de mierda esta..." dice Guillermo, quien se va con sus amigos, caminando hacia la dirección opuesta, donde justo empezaron a seguir a Marco.

Marco está en el suelo, dolorido y herido. Su ropa está cubierta de tierra y arena. Apenas los tres matones se fueron de la calle, Marco se levanta, recuperando los sentidos. Él limpia la arena y tierra de su ropa con sus manos. Gira hacia dónde se fueron los tres matones, y les saca el dedo del medio.

"Sí, chúpenmela también" dice Marco, quien desciende su mano y camina, cojeando brevemente, hacia su casa.

David

Ya pasada una semana desde la mudanza de los Lundy hacia el pueblo, David está en la cocina preparando un pan con queso y jamón. Después, empieza a llenar un vaso con jugo de naranja.

Al terminar, pone el pan con jamón y queso y el jugo de naranja en una bandeja. Camina sujetando la bandeja con ambas manos, y se dirige hacia otra puerta de la casa.

"Mateo, ábrela por favor"

Mateo, quien está sentado en el sillón, viendo la tele, se levanta y camina hacia la puerta y la abre. David le sonríe a su hijo.

"Gracias, hijo. Yo la cierro, no te preocupes"

David entra a lo que aparenta ser una escalera que da hacia abajo. Hacia un piso subterráneo. David baja las escaleras junto a la bandeja en sus manos.

Llega hacia un lugar subterráneo que es bastante oscuro. Desde la oscuridad, se escuchan unos sonidos de una soga moviéndose bruscamente. David deja la bandeja en una mesa, y enciende las luces de, lo que ahora es, el sótano de la casa roja.

Es un sótano grande, pero no vacío, solo tiene unas mesas de madera viejas y húmedas. Y un fondo muy grande. Cerca de la escalera que da hacia el primer piso, hay varias cosas de utilidad para la casa: sábanas, una lavadora hecha mierda, cojines, toallas, y un largo etcétera. También se puede apreciar que en el sótano hay un hombre de negocios, con las manos atadas hacia arriba, con su cabeza cubierta con un saco de papas, moviéndose bruscamente. David, al parecer, ignora esto, como si no estuviera escuchando.

"¿Hola? ¿Hay alguien ahí? Por favor, ayúdame. No diré nada, ¿está bien? Lo juro. Lo prometo" dice el hombre de negocios, asustado, tembloroso, con la voz quebrándose. David gira hacia el hombre, y se acerca hacia él. Le agarra el saco de papas, y logra quitarlo de su cabeza.

El hombre de negocios se nos revela: Un hombre con algo de sobrepeso, alopecia y barbudo. Él lleva puesto un traje con corbata. Al parecer salió recién de la oficina cuando fue secuestrado. El hombre cierra sus ojos, intentando no ver las luces brillantes. "Agh, ¡dios!".

"Buenos días, principito, ¿cómo estás?" pregunta un sonriente David. El hombre de negocios, al escuchar esa voz, abre sus ojos y logra ver a David. Él mira alrededor, mirando el lugar donde él y el vampiro están ahora. El hombre de negocios se confunde.

"¿Qué? ¿Qué es esto? ¿Dónde estoy?" pregunta el asustado hombre de negocios.

"Querrás decir: *¿Por qué estoy aquí?*" pregunta David, con un tono un poco amenazante. El hombre de negocios se confunde. David vuelve a sonreír. "Debes estar muy hambriento, ¿no? Ah, ¡tengo una idea! ¿Qué tal si te doy algo de comer? ¿Eh? Oww, ternurita, debes estar muy hambriento, ¿o no? No te preocupes, tengo exactamente lo necesario para que te sientas mejor y para que te puedas alimentar de la forma más correcta posible"

David se devuelve hacia la bandeja descansando en una mesa, toma el pan con jamón y queso, y se lo presenta hacia el hombre de negocios.

"¿Te gusta el pan con jamón y queso? Solía ser mi desayuno preferido. ¿Quieres?" pregunta David, presentando el pan con jamón y queso hacia el hombre de negocios, quien luce muy confundido y aún asustado. "¿No? ¿No te gusta?"

David baja el pan con jamón y queso, luciendo desilusionado. "Bueno, supongo que no tienes tanta hambre ahora mismo. Sí, no te culpo. Ah, ¿qué tal esto? Espérame aquí, ya vuelvo"

David regresa hacia la bandeja, y deja el pan ahí, tomando el vaso con jugo de naranja con su mano derecha. Se devuelve hacia el hombre de negocios y le presenta el vaso con jugo.

"¿Tienes sed? Estoy seguro que te gusta el jugo de naranja" dice David. El hombre de negocios asiente con la cabeza, apurado, con ganas de tomar algo líquido, como una cerveza, o una bebida, o un jugo, o simplemente agua, lo que sea, algo para refrescar su garganta. David sonríe. "¡Eso es, buen muchacho!"

David asciende el vaso de su mano derecha, pero en vez de llevarlo a la boca del hombre de negocios, la lleva hacia su frente. David empieza a bañar la frente y cara del hombre de negocios con el jugo de naranja. El hombre de negocios tose, parte del jugo entro a su boca y a sus fosas nasales. Al terminar, David tira el vaso lejos, este se logra romper apenas impacta contra el suelo.

"¿P-Por qué mierda hiciste eso?" pregunta el hombre de negocios, extrañado. "¿Cuál es tu problema conmigo, imbécil? ¿Quécresta te hice yo a ti para merecer esta mierda?"

"No. No, no, no, no, no, no. No, querido, no me hiciste nada a mi" dice David, mientras saca un celular de su bolsillo de pantalón. "Pero sí le hiciste algo a alguien más. Algo malo, algo muy, muy malo"

El hombre de negocios observa con completo shock como David prende el celular que le pertenece a él.

"¿Qué hacis con mi celular? Devuélvemelo, ahora" le dice el hombre de negocios a David, quien está en la pantalla de bloqueo, y puede entrar, porque no tiene una clave y ni siquiera un PIN de desbloqueo. David desbloquea el celular, y se lo muestra al hombre de negocios.

"De veras que es muy irresponsable que no tengas una pantalla de bloqueo en tu celular. ¿Qué pasaría si te lo roban? Sería muy riesgoso para ti, ¿no?" pregunta David, quien deja de mostrarle el celular al hombre de negocios. Empieza a mirarlo él mismo. Va hacia la galería, encontrando diversas fotos que David le muestra al hombre de negocios. "Vaya, vaya, vaya, miren lo que tenemos por aquí. Un pequeño degenerado disfrazado de un hombre de negocios"

El hombre de negocios ve las fotos de la galería, y rápidamente entra en shock. Probablemente esté pensando: "*¿Qué hacen esas fotos ahí?*"

pero lo que realmente está pensando es: "*Oh, no, me atraparon, este es mi fin*".

"¿Qué...?" pregunta el hombre de negocios, en completo shock.

"*¿Qué...?*" pregunta David, imitando el tono de voz que usó el hombre de negocios. "¿A qué te refieres con '¿Qué?' ¿Por qué preguntas eso, eh?"

"¿Qué hace eso ahí? ¿Qué son esas fotos, oh dios mío" dice el hombre de negocios, actuando y haciéndose la víctima, pero no le funciona, es muy obvio que, por su tono de voz, está fingiendo todo el tiempo. "Esto no puede estar pasando, no, no puede estar pasándome a mí". Él intenta liberarse de sus ataduras, bruscamente. "¡AYUDA! ¡AYÚDENME! ¡QUE ALGUIEN ME SALVE!"

"'¡AYUDA! ¡AYÚDENME! ¡QUE ALGUIEN ME SALVE!'" dice David, imitando en tono de burla los gritos del hombre de negocios. "Sigue gritando, adelante, sigue haciéndolo. Pero no funcionará. Nadie te podrá escuchar"

David baja el celular y lo tira al suelo. El celular se rompió. El hombre de negocios se pone a llorar. Sus lágrimas caen de sus ojos hacia el suelo.

"Ay, ternurita. No llores. Todo va a estar bien, lo prometo" dice David, quien camina hacia una mesa que está detrás de una pared del sótano.

"¿Por qué me estás haciendo esto?" pregunta el hombre de negocios. David se detiene y gira hacia el hombre de negocios, con una cara de furia.

"Lo hago por todas esas niñas que tú tocaste, grabaste y torturaste. Todas esas pobres almas que tú tomaste, todas esas pequeñas pobres almas que pudieron haber crecido felizmente, pero no. Porque tú acabaste con ellas" dice David, enfurecido. "Y ahora, vas a pagar por eso"

David gira hacia la mesa, y toma un cuchillo oxidado, de esos que usan los carniceros para cortar la carne. Al notar esto, el hombre de negocios se asusta aún más, e intenta liberarse de sus ataduras, de una forma salvaje. David se acerca al hombre de negocios con el cuchillo. Este último empieza a gritar de miedo y terror. Se sacude y tiembla sin cesar. David camina hacia, llegando a la espalda del hombre de negocios, quien sigue gritando, y llora aún más, suplicando piedad.

Pero, por un acto milagroso (para el hombre de negocios), David corta las sogas que lo mantenían atado. El hombre de negocios cae al suelo, respirando levemente. David suelta el cuchillo oxidado, que cae hacia el suelo.

El hombre de negocios mira a su alrededor, aún sigue con las manos atadas, pero la soga que mantenía sus manos colgadas hacia arriba ha sido cortada. Él no puede creer esto. ¿Es esto una broma pesada? Lo único que él logra escuchar es un suspiro de David.

"Ven, te ayudo. Esto ha sido un error, un error muy grave" dice David, quien ayuda al hombre de negocios a levantarse, para la sorpresa de este último. Ya de pie, David limpia la tierra del traje del hombre de negocios.

"Bien. Ya estás limpio. Me alegro mucho" dice David, quien luego saca una navaja de su bolsillo, y hace un corte largo y rápido en la garganta del hombre de negocios, quien empieza a hacer sonidos como si se estuviera atragantando con algo, mientras sangre empieza a salir rápidamente de su garganta.

David es manchado por la sangre del hombre de negocios, la sangre es salpicada a su cara. Él sonríe, y muestra sus colmillos afilados, procediendo sin ninguna duda a beber la sangre del hombre de negocios. Ambos caen al suelo, pero David sigue bebiendo la sangre del hombre de negocios, sin importar lo que pase de aquí a futuro.

David siente ese hermoso e incomparable sabor de la sangre que él está bebiendo. Se toma un pequeño tiempo para respirar por la boca, respirando levemente, con su boca y ropa manchadas y empapadas de sangre, y vuelve a beber la sangre del hombre de negocios.

Bebe la sangre del hombre de negocios hasta vaciarlo por completo. Llega un momento en el que David deja de beber la sangre, ha vaciado al hombre de negocios por completo.

Él aparta su boca y cara de la garganta del hombre de negocios, y respira tranquilamente. Mira el desorden sangriento que él mismo ha hecho, mirando al hombre de negocios, en sus ojos sin vida alguna. David toma la cabeza del hombre de negocios, y ¡SNAP! La rompe, girándola rápidamente hacia el lado izquierdo. El hombre de negocios está *muerto*. David se levanta y empieza a proceder a deshacerse del cuerpo del hombre de negocios.

Mateo

Mientras David continuaba sus acciones hacia el hombre de negocios, el hijo mayor de la familia se encontraba en el comedor, jugando con la navaja que su padre le había regalado cuando él solo tenía 16 años, a pesar de la negación de su madre. Más bien exactamente, no estaba jugando con la navaja, solo la estaba moviendo de aquí para allá, jugando a que estaba apuñalando a alguien.

"Chilla como un cerdo, ¡chilla!" fue lo que él susurro mientras apuntaba su navaja hacia el frente bruscamente, fingiendo apuñalar a alguien. Luego, él se detuvo, y puso la navaja en la mesa, dejando que descanse. Mateo suspiró, él ahora estaba en un estado de profundo aburrimiento.

Ya ha pasado solo una semana desde que él y su familia se habían mudado y él no ha hecho nada nuevo para entretenerse, solo matar a personas malas que no merecen seguir caminando en la tierra.

Tras mirar a la ventana cubierta con pedazos de diario y cartón, el joven vampiro decidió levantarse y caminar hacia la puerta principal. Su navaja sigue en la mesa, descansando, sin hacer nada, y sin dañar a nadie.

Ya afuera de la casa roja, Mateo caminó hacia la pequeña reja negra, abriendo y cerrando al salir. Se adentra en el barrio y camina hacia su derecha. Sus manos las puso en sus bolsillos de su chaqueta de cuero con sus botas negras pisando el suelo arenoso.

De uno de sus bolsillos de sus jeans negro rasgados, sacó un reproductor MP3 que le había robado a una de sus "malas víctimas", junto a unos audífonos con cable. Los conectó al reproductor, y lo encendió, poniendo la canción *Funnel Of Love*, de SQÜRL con Madeline Follin. Mientras la canción continuaba y Madeline cantaba, Mateo cantó junto a ella, pero sin alzar su voz. Solo movía sus labios al ritmo de las palabras de la cantante.

Here I go

Going down, down, down
My mind is a blank
My head is spinning around and around
As I go deep into the funnel of love

Mateo seguía caminando, pateando unas piedras pequeñas en su camino. No le importaba el mundo fuera de la música. Solo caminaba, sin hacer nada. Sin molestar a nadie.

En un muro de una calle distinta, había un grafiti de una estaca de madera, siendo clavada al corazón de un vampiro. Mateo notó este grafiti, pero no le dio mucha importancia. Siguió con su camino.

En su camino, Mateo notó a varios niños corriendo hacia la dirección opuesta. A él no le dió mucha importancia, y siguió caminando, sin molestar ni maldecir a nada ni a nadie.

Lo que él notó en ese momento fue a un joven chico humano que estaba siendo perseguido por un criminal que quería robarle. Mateo notó esto luego de mirar al frente tras quedarse pegado viendo el suelo arenoso mientras caminaba.

El chico humano se tropezó y cayó al suelo arenoso, gruñendo de dolor. El criminal lo empieza a forcejear, golpeando al chico varias veces.

Mateo notó esto, y tan pronto como vio al criminal sacar una navaja automática para apuñalar al chico, el vampiro reaccionó horrorizado y decidió actuar, sacándose sus audífonos y corriendo hacia el criminal, abalanzándose contra él.

Ya que el criminal no estaba encima del chico, este vió como Mateo golpeaba brutalmente al criminal en su cara. No paraba, no quería parar.

El rostro del criminal estaba destrozado, con muchos moretones en sus ojos y en sus mejillas, para qué hablar de sus dientes: ya no los tiene, se les fueron directo hacia su garganta debido a los golpes brutales y voraces del vampiro.

Mateo luego se detuvo, y, jadeando intensamente, se para y mira al criminal, herido en el suelo arenoso, apenas pudo hablar o hacer algún sonido de queja o de llanto o de dolor. Luego, Mateo giró hacia el chico, y al acercarse a él, este se cubrió, como si se estuviera defendiendo él solo:

"No me lastimes, por favor..." dijo el chico. Mateo se detuvo al ver la posición de autodefensa del chico, y por lo que él dijo.

Él no se lo tomó como una ofensa, y le ofreció su mano, logrando extenderla para que él la viese. Tan pronto como el chico vio la mano de Mateo, se sorprendió y se confundió.

"Toma mi mano. No te haré daño" le dijo Mateo al chico. Él estaba sonriendo de forma cálida, a pesar de que sus puños estuviesen cubiertos de sangre. El chico notó este gesto de amabilidad y consideración del vampiro al que apenas acaba de conocer hace unos segundos. Aún duda de tomarle la mano a Mateo, quien, sin quitar la sonrisa de su rostro, le respondió, paciente: "Estoy aquí para ayudarte, jovencito".

El chico, rápidamente convencido, tomó la mano de Mateo. Este último lo ayudó a levantarse. Además, él limpió la tierra de la ropa del chico, y le arregló el pelo. Después de limpiarle toda la tierra de su pelo y ropa, Mateo se queda frente a frente con el chico.

"Ahí estamos. Todo bien" dijo Mateo, sonriente. El chico no sabía qué decir. O esto era o un halago o una posible trampa. O ambas. Aún así, sonrió nerviosamente, mirando hacia el suelo arenoso. "¿Cómo te llamas?"

"Marco" dijo el chico, girando hacia el vampiro. "Me llamo Marco. Marco Marsh".

"Bueno, Marco, Marco Marsh, encantado de conocerte. Me llamo Mateo, Mateo Minerva, pero me puedes decir Mateo" le respondió el vampiro a él, quien sonrió. "¿Te llevo hacia tu casa?"

Marco solo giró a ver al criminal, y su cara llena de moretones e hinchada, para variar. Mateo notó que Marco estaba viendo al criminal.

"¿Qué pasa?" le preguntó Mateo a Marco.

"¿Qué harás con él?" preguntó Marco, quien giró hacia Mateo. Este último se encogió de hombros.

"Pues que se lo coman las ratas o los cuervos, o quizás que se lo tire un perro de la calle. Ven, vámonos, no le demos tanta importancia" respondió Mateo. Marco giró a ver al criminal otra vez, y le escupió en la cara.

Después de eso, se fue con Mateo. Pasaron los minutos, y los dos hicieron un largo camino hacia la casa de Marco, hablando y pasando el rato.

"Si sigues yendo a cualquier parte del pueblo tú solo, más cosas como esa te van a pasar, ¿ya? Ósea, ¿qué planeabas hacer en primer lugar?" preguntó Mateo.

"Yo solo quería relajarme..." respondió Marco, nerviosamente.

"¿Relajarte? ¿De qué? ¿E la escuela? ¿Las clases te están matando?" preguntó Mateo.

"Más o menos" respondió Marco, encogiéndose de hombros. Siguieron caminando, un silencio irrumpió en la escena. "Tareas de mierda..."

Mateo río entre dientes: "Sí, concuerdo contigo, jovencito"

"¿Y tú vives con tu familia?" le preguntó Marco a Mateo. Ambos tenían sus manos en sus bolsillos.

"Sí. Vivo con mi familia, *aún*. Nos mudamos aquí hace una semana" respondió Mateo.

"Ah, ¿hace poco?" preguntó Marco, sorprendida.

"Sí, hace muy poco. ¿Y tú? ¿Hace cuánto que te mudaste hacia este pueblo?" preguntó Mateo. Marco no respondió, actuó como si no lo hubiese recordado.

"Uh, desearía decírtelo, pero la verdad es que no lo recuerdo. Fue cuando era muy chica. Perdón. De veras quería decírtelo y ahora no pude..." respondió Marco.

"No, no, no. No me pidas perdón, ¿sí? Está bien no recordar cosas, y es entendible lo que me dijiste. No todos podemos recordar tantas cosas de nuestra infancia. Ni siquiera me acuerdo de la mía. Así que tú tranquila. No eres el único" dijo Mateo.

Ambos se miraron, y se sonrieron. Y llegaron hacia la casa de Marco, quien suspiró y se detuvo.

"Bueno, aquí está" dijo Marco. Y vio a Mateo quien empezó a notar la casa.

"Interesante. No está tan lejos de la mía" dijo Mateo, quien giró a ver a Marco. "Bueno, jovencito, esto ha sido un gran honor, ojalá nos encontremos de nuevo"

"Ojalá sea así" dijo Marco, quien caminó hacia su casa, logrando entrar con sus llaves. Mateo lo mira entrar, y tan pronto como Marco cerró su puerta, el vampiro se fue caminando. Y luego voló por los aires, con unas grandes alas de murciélago saliendo de su espalda.

IVO BYRT M.

Marco

Ya a las 3:15, al día siguiente, Marco estaba en la clase del señor Ronaldo Matute, el profesor más pesado, hincha pelota y odiable de la escuela. Odiable por los estudiantes, querido por los profesores (por algún motivo).

Marco está sentado en su puesto, mientras los estudiantes están haciendo una prueba de matemáticas. Una prueba que solo contiene multiplicaciones, divisiones, y todo lo demás relacionado a esa materia de pura mierda.

Marco es una de las pocas personas en la clase que están atrapadas a mitad de la prueba. Él mira la prueba, sin saber cómo resolver el ejercicio que lo tiene tan complicado.

Marco luego mira por la ventana, los árboles que soplan gracias al viento. Marco mira esto, un aire de calma en medio de todo un ambiente de crisis, infierno y soledad. Marco sonríe, apoyando su mejilla derecha con su palma, su brazo está parado en la mesa.

"¡MARCO!" grita Matute, quien hace que Marco exclame del susto y se caiga al piso, asustado y aturdido. No tardó mucho para que todos los estudiantes, hasta Matute, se rieran a carcajadas de él. Marco está muy avergonzado. Es Matute quien ríe aún más, hasta le salen lágrimas de tanto reír, y le está doliendo el estómago como resultado de todo esto. "¡Oh, pero qué divertido!"

Marco luego se levanta, y mira al profesor con odio.

"Ah, ¿sí? ¿Eso fue tan divertido para ti, viejo mugriento de mierda? ¡¿EH!? ¡¿ESO FUE TAN DIVERTIDO PARA TI, MIERDA!?" gritó Marco, con lágrimas en sus ojos.

Los estudiantes, al igual que Matute, se ponen en shock. Marco respira levemente. Años, y años, y años de tortura causada por ese viejo de mierda, todos esos años han llevado a este momento. Este preciso momento.

"Vete. A la mierda. Viejo. De mierda" es lo que dice Marco, quien toma la prueba de matemática y la rompe, partiéndola en dos, dejando que los pedazos rotos caigan al piso.

Lo que pasó después, pasó, lo que se esperaba, pasó, lo que se vino venir, se vino venir: Marco fue enviado a la oficina del director, quien le empezó a gritar a él. Y no solo eso, Matute también estaba ahí con ellos dos. Y no solo eso, Ricardo también estaba con ellos. Los tres le gritaban, y gritaban, y gritaban a Marco, quien solo atinó a cerrar sus ojos, con los brazos cruzados, sin hacer ni decir absolutamente nada.

Como resultado, Marco fue suspendido de la escuela. Pero a él no le importaba: Menos escuela, más alegría, paz y calma. Marco no quería hacerle daño a nadie, pero estaba completamente orgulloso y satisfecho de lo que él acaba de hacer.

El momento que él había estado esperando durante toda su vida. Hasta llega a sonreír de la emoción y de la felicidad. Por fín, por fín acaba de ocurrir. Ese bello momento de pura satisfacción y pura alegría.

Después de la suspensión, que mantuvo a Marco muy contento y feliz, Ricardo lo mandó a la casa, subiéndose a su auto con él. El viaje de vuelta a la casa de Ricardo fue silencioso. Los dos no dijeron nada. Marco miró la ventana, sonriente. Por fin ha salido del infierno.

"¿No te vas a disculpar?" preguntó Ricardo. Marco ni siquiera giró para ver a su tío. Marco solo siguió sonriendo.

"¿Y para qué debería hacerlo?" preguntó Marco.

"Por insultar al profesor"

"No fue nada" respondió Marco.

"¿No te vas a disculpar conmigo?"

"¿Y por qué debería disculparme contigo?"

"Ah no sé, por insultar al profesor. Además de eso, te suspendieron. Imagina cuanta decepción estoy sintiendo ahora mismo"

"¿Ya? ¿Y dónde está lo malo?" preguntó Marco. Ricardo no pudo creer esto.

"¿Cómo que dónde está lo malo?" preguntó Ricardo. "¡Marco, insultaste a tu profesor!"

Marco rió entre dientes: "Igual lo haría de nuevo". Él sacó su celular y sus audífonos, y justo cuando él estaba a punto de conectarlos al celular, ¡zas! Ricardo le quitó su celular, guardándolo en su bolsillo. Marco quedó atónito. "¿Qué mierda te pasa?"

"Esto es lo que va a pasar. No te daré tu celular hasta que digai que te arrepientes de haber insultado a tu profesor" respondió Ricardo.

"¡Estás loco, imbécil!" gritó Marco. Ricardo rápidamente detuvo el auto, y abofeteó a Marco, quien exclamó de dolor, y se tocó la mejilla, que se volvió roja.

"¡Ahora vas a sentir lo que tu profesor sintió, maricón! ¡Suicídate de una vez!" gritó Ricardo, quien volvió a conducir el auto. A Marco se le salió una lágrima del dolor que sentía en ese momento.

Pasaron las horas, y Marco estaba cenando con su tío en el comedor. Marco solo jugaba con su comida, aburrido, mientras que Ricardo comía sin ningún problema. El mayor notó como Marco no comía nada, a pesar de que la comida era pasta.

"¿Por qué no estás comiendo?" preguntó Ricardo.

"Hmm, no lo sé..." respondió Marco.

"¿No lo sabis? Shh, claro que lo sabis" dijo Ricardo, y en tono burlón: "Uy, no sé, no sé porque no estoy comiendo la muy deliciosa comida de mi tío. Uy, me gusta tocarme pensando en hombres, uy"

Ricardo miró a Marco, quien no lo miraba. Marco solo miraba el plato de comida.

"Come tu comida" dijo Ricardo.

"No tengo hambre" respondió Marco.

"Ah, conque ahora sabis, imbécil. No tenis hambre. Come tu comida, no me importa si engordai o algo así. Come tu comida"

"No..."

Ricardo notó eso: "¿No? ¿No? ¿Me dijiste que no?"

"No tengo hambre, ¿ya? Entiende de una vez..." dijo Marco, antes de ser interrumpido por su tío, a puros gritos.

"¡COME TU PUTA COMIDA AHORA MISMO!" gritó Ricardo, a todo volumen. Marco se congeló, y cerró sus ojos, asustado y petrificado. Ricardo lucía rojo, furioso.

Marco no quería moverse de ahí, porque si lo hacía, su tío le iba a sacar la cresta. Pero aún así, lo hizo: Marco intentó huir lo más rápido posible, pero Ricardo lo alcanzó, tirándolo al piso. Ricardo puso sus manos en el cuello de su sobrino, estrangulándolo. Marco se ahogaba, y se empezó a poner rojo. Ricardo sonreía sádicamente. "Esto es por matar a mi hermano..."

Marco de repente pateó a Ricardo en la entrepierna, haciendo que este último se detuviese, y gruñó y exclamó de dolor. Marco tosió fuertemente, y encontró una gran cantidad de botellas de cerveza de vidrio en un mueble. Agarró una y con esta, la rompió en la cabeza de su tío, quien cayó al piso, inconsciente. Luego de esto, Marco escapó.

MALA SANGRE

María

Esa misma noche, nada nuevo pasó. David cazó a un pedófilo y le cortó los testículos para luego alimentar al hombre con ellos. Para ese hombre, fue un show de horrores, pero para el vampiro, fue nada más que una satisfacción eterna.

Afuera de la casa, está helado. La noche es helada y fría. Mientras su marido se está duchando en el baño, María está sentada en el comedor, aburrida, sin hacer nada, y sin hacer nada que le pueda proporcionar algún tipo de entretenimiento.

Ella mira la puerta principal. Se queda observando la puerta por unos segundos. Luego, gira su vista hacia la mesa, y se levanta de su silla, caminando hacia la puerta principal. Alice, quien está sentada en el sillón, viendo la tele, gira hacia su madre.

"¿Vas a salir?" le pregunta Alice a su madre, quien, al escuchar eso, gira hacia su hija y sonríe.

"Sí, voy a dar una pequeña vuelta por las calles" responde María. Alice se levantó del sillón y caminó hacia ella.

"Bien, voy contigo" dijo Alice, sonriendo.

"¿Estás segura?" pregunta María.

"Sí, estoy muy segura" dice Alice. María sonríe ante esto, abre la puerta principal y sale de la casa con su hija. Al salir, ellas no sienten el frío de la noche helada. Simplemente siguen caminando, mientras hablan.

Ya pasados unos 7 minutos, logran llegar a las calles del pueblo. Siguen conversando sobre la familia, y de si David y María iban a "tener otro hijo", ya sea convirtiendo a alguien menor que ellos, o por sexo.

María y Alice pasan al lado del cine del pueblo. Luego, María empieza a escuchar unos sonidos como los de un chico llorando y temblando de frío. María oye esos sonidos, y ella rápidamente se detiene. Alice mira a su madre y se confunde por lo que su madre está haciendo.

"¿Mamá? ¿Estás bien?" pregunta Alice. María sigue oyendo esos llantos temblorosos.

"¿No los escuchas?" pregunta María.

"¿Escuchar qué?" pregunta Alice.

"Esos llantos, ¿no los oyes?" pregunta María, quien luego gira su mirada hacia un callejón oscuro, donde provienen los llantos temblorosos. María observa el callejón por unos cortos segundos. Y camina hacia él, adentrándose hacia el callejón. María nota que, en sus oídos, los llantos se vuelven ruidosos.

María llega hacia un gran basural, y se encuentra dos piernas, vistiendo jeans azules al lado de aquel gran basural. María sigue adentrándose en el callejón, hasta encontrarse con una figura masculina adolescente sentada al lado del gran basural.

La figura llora, sentada en el sucio suelo, con su cara plantada en sus rodillas, y sus brazos cubriendo su cara. María se detiene al ver esta figura, y rápidamente empieza a sentir lástima por aquella figura. Alice llega hacia donde está su madre, se para al lado de ella. Alice también mira a aquella figura, quien llora y tiembla de frío al mismo tiempo. María se pone de rodillas, y, luciendo preocupada, toma la rodilla izquierda de la figura.

"Criaturita, ¿estás bien?" le pregunta María a la figura, quien, al escuchar esa dulce y preocupada voz, lentamente descubre su cara roja y sus ojos rojos llenos de lágrimas de sus brazos. Una figura familiar que nosotros ya conocemos: *Marco*.

Él mira a María, quien, junto a su hija, lucen preocupadas. Marco las mira a las dos, y su mirada cambia. Nunca había visto mucha hermosura en su vida.

"¿Estás bien? Te ves herido" le dice María a Marco. María le toma la mejilla izquierda a Marco. María está calmada pero preocupada. Ella cierra sus ojos. "Te hicieron mucho daño. Todos los que te rodean, y también un hombre muy, muy, muy malo. Has escapado, no tienes a donde ir, no tienes ningún lugar donde estar segura, y ahora te encuentras aquí, con nosotras dos..."

Marco se confunde por esto, no porque él piensa que María está hablando cosas sin sentido. Marco se confunde porque todo lo que ha dicho María es cierto. María abre sus ojos.

"Has sufrido mucho, criaturita..." dice María, calmada. "¿Quieres venir con nosotras?" pregunta María. Esto no sorprende a Alice, ella también quiere ayudar a Marco, quien se sorprende al escuchar esas palabras. Sus ojos se abren como platos. Lo único que él puede decir o preguntar es:

"¿Qué...?"

María sonríe, Alice igual hace lo mismo. María se levanta y se pone de pie.

"Ven, vamos" dice María quien extiende su mano hacia Marco. "Te daremos un lugar donde puedas estar seguro"

Marco, sin dudar nada, toma la mano de María, quien ayuda al chico humano a levantarse. María, Alice y Marco caminan hacia la salida del callejón, saliendo de ahí.

Ya regresando a la casa roja, Alice, María y Marco entran. Marco mira alrededor de la casa roja, los pequeños cuadros que hay en las paredes, lo bien pintada que está, y un largo etc. Marco también logra notar que las ventanas están cerradas con los cartones y diarios. Esto lo confunde. Y mucho.

"¿Tienes frío?" le pregunta Alice a Marco, quien gira hacia ella quien sonríe. "Puedes ir a darte una ducha"

"¿Una ducha? ¿No sería un problema?" pregunta Marco.

"No, no, no, no, no. Para nada" le dice María a Marco, quien es llevado al baño por María. "Te vamos a traer toallas y ropa nueva. Te cambiaremos esa ropa, y te daremos ropa colorida y llena de vida, ¿te gusta esa idea?"

"S-Sí. Me gusta esa idea" responde Marco.

"Bien" dice María, quien le abre la puerta del baño a Marco. "Tómate todo el tiempo que quieras"

Marco sonríe levemente, mirando hacia abajo. "No sé qué decir, yo..."

"No, no digas nada. Solo quiero ayudar a alguien" dice María. Acto seguido, Marco entra al baño y cierra la puerta. María se aparta de la puerta del baño.

La ducha de Marco ya fue satisfactoria para él: tuvo una ducha con agua caliente, se tardó más de 5 minutos en ducharse, porque el agua estaba muy caliente y relajante. Después de ducharse, María le entregó la ropa y toallas al chico humano.

Marco se secó, y después de eso, se vistió con ropa nueva: Una polera roja, jeans negros y calcetines azules. Definitivamente no es una prenda gris ni una prenda sin vida como su ropa escolar. Una prenda llena de color.

Después de vestirse y de secarse el pelo con el secador de pelo que había en el baño, Marco salió. Y se sentó en el sillón. Alice camina hacia ella.

"¿Te sirvo algo? ¿Una bebida, jugo, agua...?" le pregunta Alice a Marco, quien sigue sin creer el tipo de hospitalidad que le están entregando ahora mismo.

"Uh, no. No, no quiero nada. Gracias" responde Marco, sonriendo, intentando ser amable con Alice. Esta última entiende lo que el chico humano le respondió, y le sonríe, sin ningún tipo de bronca.

"Bien, no pasa nada, no te preocupes por eso" dice Alice, quien luego camina hacia el refrigerador, y saca su botella de sangre. La abre y bebe la sangre de forma voraz y hambrienta. Marco observa esto, sorprendido.

"¿Mucha sed?" le pregunta Marco a Alice, quien, al terminar de beberse toda la botella, gira hacia arriba y exclama de placer. Por un momento breve, Marco logra ver los colmillos de Alice, pero decide no prestarle mucha atención a ese detalle.

Alice cierra la botella y la deja en la mesa del comedor. Alice suspiró, como si estuviera satisfecha. "Sí, supongo que demasiada"

Alice se limpia la boca con sus manos, y lame la sangre que quedaba manchada en sus manos. Marco nota esto y se sorprende. Alice gira hacia Marco, y camina hacia ella. Se sienta al lado del chico humano. Ambos se ven. Alice le extiende su mano hacia Marco.

"Alice" le dice a Marco, quien se confunde.

"¿Perdón?" le pregunta Marco a Alice.

"Ese es mi nombre. Mi nombre real. Alice"

Marci se da cuenta de esto, y sonríe, tomando la mano de Alice.

"Un gusto, Alice, me llamo Mar..."

"Marco Marsh" dice Alice. Marco reacciona a esto con confusión y sorpresa.

"¿Cómo sabes mi...?" le pregunta Marco a Alice. Y justo antes que esta última pudiera dar una respuesta, la puerta principal se abre, revelando a David y a Mateo, quienes entran en la casa. Logran ver a Alice...

"Ahí estás, ¿dónde está tu madre...?"

...y logran ver a Marco. Mateo, quien le hizo la pregunta a Alice, se congela, al igual que David, al ver a Marco, quien se sorprende al verlos a los dos, y los saluda con la mano, sonriendo nerviosamente. María llega hacia el living, y ve a su hijo y marido. Ella les sonríe.

"Bueno, hola amor, hola hijo, ¿a dónde se fueron?" dice María, sonriente. David se vuelve preocupado y aturdido al ver a Marco.

"Debería preguntarte lo mismo. ¿*Quién* es él?" pregunta David, apuntando a Marco con su dedo índice, consternado. Marco se empieza a preocupar. Pero María sigue sonriendo.

"Bueno, verás, yo y Alice fuimos a dar una vuelta al pueblo, y al parecer, nos tardamos más de lo usual, mucho tránsito peatonal al parecer..." dice María, sin responderle su pregunta.

"Responde mi pregunta, amor. ¿Quién es él?" dice David, interrumpiendo a su esposa. María, en vez de estar preocupada, sigue calmada y sigue sonriendo.

"Yo y Alice fuimos al pueblo, y uff, había mucho público, bueno, *no mucho*, pero algo es algo..." dice María, todavía sin responder la pregunta de su marido, quien mira a su mujer.

"Vamos a hablar a otro lado, ¿ya?" le pregunta David a María, quien deja de sonreír, y empieza a lucir confundida.

"¿Qué...?" pregunta María, quien luego es llevada por David hacia su pieza. Mateo y Alice se quedan con Marco en el living. David y María llegan hacia la pieza, él cierra la puerta con llave. "¿Qué pasa, cariño? Estoy bien, yo con Alice llegamos bien de nuestra vuelta, ¿ya? No entiendo qué te tiene tan alterado..."

"¿Qué hace él aquí?" dice David, girando hacia su mujer. Él luce alterado y preocupado. "¿Qué hace ese chico en nuestra casa, con nuestra familia?"

"Amor, yo..." dice María.

"¿Qué hace él aquí con nosotros?" dice David, interrumpiendo a su esposa, quien intenta hacer que se calme. "¿Qué hace aquí, amor?"

"Mira" dice María. "Yo te lo puedo explicar, ¿ya? Si tan solo tú logras calmarte, yo te lo explico todo" David empieza a calmarse, con solo escuchar la voz de su amada, logra tranquilizarse rápido. "¿Estás tranquilo?"

Él asiente con la cabeza. Ella le sonríe.

"Bien, ¿ves? No fue tan difícil" le dice María a su esposo. "Encontré al chico en un callejón"

"¿En un callejón?" le pregunta David.

"Sí, al parecer él tenía frío, mucho"

"¿En qué callejón lo encontraste?"

"¿Por qué quieres saberlo?"

"Para así devolverlo a ese mismo lugar donde tú lo encontraste"

María no puede creer esto, como su propio marido empieza a reaccionar de tal manera.

"Amor, ya te dije que te tranquilizaras..." dice María.

Y justo afuera de la pieza de los padres, la discusión que no es tan ruidosa ni fuerte continúa. Alice está afuera de la pieza, junto a Mateo. Ambos se miran, extrañados y preocupados.

"Su primera discusión" le dice Mateo a Alice. Mateo luego gira hacia atrás, y nota a Marco, parado en el living, pensando y creyendo que hizo algo malo. Él luce preocupado. Él mira a Mateo. Él luce confundido, Marco luce preocupado.

"Se llama...Marco" le dice Alice a su hermano, quien gira a verlo. "Marco Marsh. Tiene 14 años"

"Sí, lo sé. De hecho, ya nos conocimos una vez" dice Mateo, quien se acerca a Marco, quien no retrocede. Mateo mira fijamente a Marco.

"Tienes miedo" le dice Mateo a Marco.

"¿Miedo?" le pregunta Marco a Mateo.

"Tienes miedo de que hayas hecho algo malo. Piensas que tú fuiste la causa del por qué esa mujer que te trajo hasta acá está discutiendo con su marido. Escúchame, Marco, no es tu culpa"

La puerta de la pieza de los padres se abre, revelando a David, quien camina hacia Marcll rápidamente.

"Ven conmigo" le dice David a Marco, quien se congela, y sigue estando confundido. David lo toma de la mano, ambos se dirigen a la puerta principal. María los sigue.

"Amor, no lo hagas, te lo suplico" le dice María a David, quien ignora a su esposa y llega junto a Marco a la puerta principal. "¡AMOR, PARA!"

Luego, llega un momento en el que Mateo y Alice se paran al frente de David, bloqueando el acceso hacia la puerta principal. David se detiene.

"Hijos, déjenme pasar" dijo David, harto de esta mierda.

"No" dijo Alice, su primera vez enfrentándose a su padre.

"Por favor, déjenme salir" dijo David.

"¿Y qué le vas a hacer, eh?" preguntó Mateo en tono de protesta. "¿Lo vas a matar sin que nosotros lo veamos?"

"Mateo, eso no te incumbe. Ahora, por favor, se los pido de muy buena manera: déjenme pasar..." dijo David.

"¡Esto no es lo que Luciano hubiera querido...!" grita María. Y todos se congelan en ese instante. David abre sus ojos como platos. Y gira rápidamente hacia su esposa. Él ahora no luce enojado, ni furioso por el simple hecho de que hayan dicho ese nombre. Él luce sorprendido. "Él solo quería ayudar a las personas. Y mírate, no estás haciéndolo"

María ahora está entre lágrimas, y sus labios tiemblan. Al parecer, decir el nombre "*Luciano*" les trae recuerdos muy dolorosos. Tal vez una pérdida enorme.

"Él solo quería que esta familia ayude a las personas, y así lo estamos haciendo, pero tú no. Tú solo quieres mandar a esta pobre criaturita de vuelta al infierno, y eso no es ayudar, eso es matar, ¿entiendes? ¡MATAR!" dice María, entre lágrimas. "Estás rompiendo tu propia regla, amor, ¿te das cuenta de lo que estás haciendo?"

David se da cuenta de esto. De lo que él está haciendo. Al parecer, Luciano fue un ser querido de ellos, de la pareja, de la familia, que murió por causas que nosotros desconocemos. Al parecer, él era muy querido por la familia. Tal vez él fue quien propuso la idea de solo cazar a gente mala y despreciable.

David, con solo darse cuenta de lo que él está haciendo, saca lágrimas de sus ojos, sus labios tiemblan, y lentamente suelta su mano de la ropa de Marco, separándose de él. Mateo y Alice ayudan al chico humano. David aún no puede creer lo que él pensaba hacer. Mira a su esposa, ambos tienen lágrimas saliendo de sus ojos.

"¿En qué estaba pensando...?" pregunta David. "Él está... Me imagino que él está decepcionado de mí. Yo... Yo..."

María abraza a su marido, ambos lloran en los hombros del otro. Mateo y Alice logran notar esto, al igual que Marco. Los tres se miran, y caminan hacia la pareja, uniéndose a ellos en el abrazo. Mientras sus padres lloran, los hijos vampiro los consuelan calmadamente. Marco también lo hace.

Ya pasada una hora, la familia está reunida en el comedor de la casa, sentados con Marco. La familia lo mira.

"Mi nombre es Marco. Marco Marsh. Pero... La gente me llama por otro nombre..." dice Marco.

"¿Por cuál otro nombre te llaman, joven Marco?" pregunta David. A Marco se le hace difícil decir lo que va a decir, pero la familia debe saber de todos modos. Es ahora o nunca.

"Maricón..." responde Marco, luciendo culpable, cerrando sus ojos. "Ese es el nombre que a mí más me dicen"

"Marco..." dice Alice, quien está sentada junto a él, a su lado izquierdo. Ella le toma las manos. A Marco no le importa que las manos de la vampira estén heladas. Él acepta esto. "No debes dejar que la gente te diga así, no debes dejar que la gente te diga nombres como el que nos acabas de decir, ¿de acuerdo? Debes defenderte de tus agresores"

"Pero, ¿cómo? Ellos son fuertes, ¿y yo? Solo soy un debilucho. Un cobarde de mierda" responde Marco.

"Nosotros podemos ayudarte" responde Mateo, quien está sentado al lado derecho del chico humano. Marco gira hacia Mateo. "Podemos ayudarte a defenderte de tus agresores, de quienes te han hecho daño, y de quienes te van a hacer daño, ¿te parece bien esa idea?"

Marco asiente con la cabeza. Luego, una pregunta se le viene a la mente, y gira hacia la pareja vampiro, quien está sentada al frente de él: "¿Por cuanto tiempo me quedaré aquí?"

"Ya lo he decidido" dice David. "Te puedes quedar con nosotros para siempre"

A Marco le sorprende esto.

"Siempre y cuando no hables de nosotros ante las autoridades. No nos vas a exponer ante las fuerzas especiales, ni a cualquier tipo de persona que nos pueda hacer daño, ¿de acuerdo?" dice David.

Marco asiente rápidamente con la cabeza: "Sí, de acuerdo. Lo que ustedes digan"

"No rompas esa promesa nunca, ¿ya?" pregunta David. Y Marco volvió a asentir con la cabeza. Y luego, él mira a la mesa de madera, sus labios empezaron a temblar, y sus ojos se llenaron de lágrimas. Por fin un milagro le acaba de suceder, claro, inesperado y extraño, pero sigue siendo un milagro para él. Lo único que él puede sacar de su boca es esta sola y simple palabra:

"Gracias"

Marco empieza a llorar, no de temor, ni de preocupación. Es un llanto de alegría, un llanto de alivio. La familia nota el llanto de Marco y lo abrazan. Alice y Mateo lo abrazan cada uno en un lado diferente. David y María se levantan y caminan hacia Marco. Lo abrazan, mientras él sigue llorando de alegría.

Mateo

Ya pasada una semana desde que Marco se había mudado con la familia vampiro, él ya vivía una vida feliz y acomodada con ellos, quienes le han otorgado mucho cariño y ningún daño psicológico y/o físico. Marco les enseñó a la familia cosas del mundo humano, mientras que ellos le enseñaron cosas del mundo vampírico, devolviéndole el favor.

En una noche de Lunes, Mateo se encontraba en la parte trasera de la casa, sentado en una silla, fumando un cigarro de una cajetilla que logró robarle a una de las víctimas de David. Lo que Mateo logró ver fue el lugar de entierro del hombre que encontraron cuando llegaron a la casa.

Algo que lo preocupa, y mucho. Él piensa que el hombre ahora debe estar reunido en el más allá con su esposa, Rosalie, bailando y riendo juntos ahí, en ese mundo donde van todas las almas buenas y bondadosas.

El vampiro escuchó pasos acercándose hacia donde él estaba, y quitó su mirada de preocupación apenas escuchó los pasos. Él gira hacia su izquierda, y ve a Marco. Ambos se sonríen el uno al otro. Se dijeron "hola" uno después del otro. Marco rápidamente notó el cigarro que Mateo tenía en sus dedos.

"¿Un cigarro?" le preguntó Marco a Mateo, quien giró hacia el cigarro que él tenía en sus dedos.

"Sí, un cigarro" respondió Mateo.

"¿Fumas?" preguntó Marco.

"Nop. Es mi primera vez" respondió Mateo. Los ojos de Marco se abren como platos."

"¿Tu primera vez?" preguntó Marco, sorprendido.

"Sip. Mi primera vez fumando, ¿sorprendido?" le dice Mateo a Marco.

"Sí, *muy* sorprendido" le responde Marco a Mateo, quien rió entre dientes.

"Sí, se lo robé a una de las víctimas de mi padre. Solo tenía 4 cigarros dentro de esta cajetilla. Y decidí saber cómo era la experiencia de fumar" dice Mateo. Marco se sorprendió con esto. Mateo le da una última fumada al cigarro, antes de botarlo al piso de madera, pisandolo con su bota negra. "Ahí estamos"

"Bueno... supongo que eso sería. Te veré dentro de la casa" dice Marco a Mateo. Y justo cuando el muchacho humano estaba a punto de irse, Mateo, sin girar hacia él, le dice algo:

"Aún espero mis gracias"

Marco se detiene y gira hacia Mateo. El muchacho humano está confundido.

"¿Por qué?" pregunta Marco.

"Por salvarte la vida. De ese criminal que quería matarte para luego robarte... o peor" dice Mateo, quien gira hacia Marco, quien se da cuenta de lo que el vampiro dice.

"Ah, sí. Esa noche"

"Esa noche"

"Bueno, gracias. Muchas gracias" le dice Marco a Mateo, quien sonríe.

"Bueno, de nada. Muchas de nada" le dice Mateo a Marco. Ambos se sonríen el uno al otro. Mateo se levanta de la silla. Y contempla el ambiente nocturno, mirando al patio trasero. "Es muy relajante aquí. Pero muy solitario, ¿no crees?"

"Todos los pueblos que están junto al mar son así. No como las ciudades que son muy..."

"...muy ruidosas. Llenas de tacos, violencia, crimen, violaciones a los derechos humanos, presidentes antiguos que son idiotas. Hasta en un país tuvieron a un dictador que era un asesino. Un despiadado. Un criminal. Un violador a los derechos humanos. ¿Y sabes qué es lo más insólito? La gente lo celebra, y lo siguen celebrando. Hasta tienen a un grupo de imbéciles que han apoyado a un violador" dice Mateo, hablando como si estuviera desahogándose. "Así es este mundo, lleno de imbéciles"

Marco nota lo que Mateo acaba de decir. Y lo que más le sorprende es que Mateo es un vampiro que, claro, es una criatura de la noche, pero que decidió hablar con la pura verdad.

"Sí, es verdad. País de mierda" dice Marco.

"País de mierda" dice Mateo, quien luego de 3 segundos, gira hacia Marco. "Tú no eres un imbécil, Marco. Tú eres alguien bueno. Se te nota en tu cara. Tú no le harías daño a nadie bueno, y eso está bien. Es admirable"

Marco sonríe al escuchar eso.

"Pero mírame. Mira a mi familia. Somos seres que solo deberían existir en las películas, en los cómics, en los libros, en las series, en la mente de alguien" dice Mateo. "Somos seres que no deberían existir. Pero que existen por algún motivo"

"Pero es increíble que existan personas como tú y tu familia" dice Marco. "Al menos así limpiarán la escoria y la basura de este..."

"...país de mierda" dice Mateo. Ambos chicos se miran. Y se sonríen el uno al otro. "¿Tú crees que somos monstruos, Marco?"

"Yo solo sé que me siento muy seguro con ustedes, Mateo. Yo solo sé que me siento a salvo con ustedes" responde Marco.

Esto conmueve al joven vampiro, quien luego empieza a notar la vestimenta del chico humano.

"Marco, ¿hace cuánto que no te cambias esa ropa?" le pregunta Mateo a Marco, quien, confundido, mira su ropa.

"Uh, desde... no lo sé, supongo que no me la he cambiado desde hace la semana pasada" responde Marco.

"Alice te ha estado dando ropa, ¿verdad?" pregunta Mateo.

"No. Esta ropa que llevo puesta es la única que me prestaron ustedes" responde Marco.

"Ya veo..." dice Mateo, quien empieza a pensar en una solución a esto. Luego, una idea le surge: "Tengo una idea"

"Ah, ¿sí?" pregunta Marco.

"Oh, sí" responde Mateo.

"¿Y cuál sería esta idea que tú tienes ahora?" pregunta Marco. Después de unos minutos, ellos se subieron al auto de la familia (prestado por David). Y se fueron al pueblo, cruzando las calles tranquilas, hasta llegar a un estacionamiento ubicado al centro del pueblo.

Al estacionar el auto, le pagaron al encargado del lugar y se fueron caminando hacia el centro. Los dos llevaban puesto lentes de sol oscuros. Y al llegar al centro del pueblo, caminaron hacia la izquierda, pasando por varias tiendas y por el parque de diversiones, que no es tan grande pero se ve entretenido.

De repente, llegaron hacia una tienda de ropa, que, al lado de su letrero, tenía el clásico mensaje de "24/7". Ambos miraron la tienda.

"Aquí está" dice Mateo, sonriente. "Vamos, entremos".

Marco y Mateo se acercan a la puerta. Mateo la abre, dejando que el chico humano entrase, haciendo sonar una campana pequeña, pero Mateo no puede entrar a la tienda, por razones obvias. Marco gira hacia él.

"¿Mateo? ¿Te sientes bien?" le pregunta Marco a Mateo.

"Sí, solo necesito invitación para..." dice Mateo, quien gira su mirada hacia abajo, hacia algo que lo congela y lo sorprende. "...entrar".

Lo que él ve que está debajo suyo es una alfombra muy bien diseñada, que marca el mensaje: "¡BIENVENIDO! ¡PUEDE ENTRAR!".

"Qué innovador..." dice Mateo, impresionado. Y hace dos pasos hacia adentro del local de ropa. Esperando sangrar o estar herido, no le pasa nada. Al darse cuenta de esto, Mateo se sorprende, y camina hacia Marco. Ahora, los dos chicos están revisando ropa nueva que Marco se pueda poner. Los dos chicos divagan en la inmensa cantidad de ropa que hay colgada. Esto impresiona al vampiro, no había visto algo como esto hace años.

"¿Qué tal esta polera?" dice Marco, quien le muestra una polera negra de mangas cortas con el mensaje "SÉ TU PROPIA MUERTE". Mateo mira la polera y rápidamente tiene opiniones mixtas.

"No sé, ¿no será un poco... negativa?" pregunta Mateo.

"¿Negativa? ¿En qué sentido sería negativa?" pregunta Marco.

"¿No crees que tiene un mensaje muy negativo? Mira, 'sé tu propia muerte'. ¿No crees que es un mensaje muy negativo?" pregunta Mateo. Marco se pone a pensar en esto. Vuelve a mirar la polera, y se da cuenta de lo que dice el vampiro.

"Sí, tienes razón" dice Marco, quien vuelve a dejar la polera en el colgador donde la sacó. Él y Mateo siguen divagando por la tienda. De repente, Mateo encuentra una camisa red flannel, como de esas camisas que usan los leñadores. Mateo sonríe, mientras toma la camisa.

"¿Qué tal ésta?" dice Mateo, quien le muestra la camisa a Marco. El chico humano se asombra por la camisa.

"Guau" dice Marco.

"Lo sé, ¿verdad?" pregunta Mateo. "Creo que esta camisa es muy de nuestro estilo, y aunque te quede grande o no, te servirá de todos modos. Piénsalo, campeón. Te podrás vestir como nosotros"

A Marco le agrada esta idea. Él sonríe.

"Llevemosla" dice Marco. Mateo sonríe al escuchar eso. Marco luego gira su vista hacia unos jeans azules y rasgados que se ve que le quedarían bien. "¿Te tincan estos? A mí sí"

Mateo mira los jeans, y rápidamente asiente con la cabeza. 2 minutos después, los dos chicos estaban en la fila, esperando para pagar la ropa que eligieron para el chico humano. Su primera actividad juntos.

Luego, la pequeña campana de la puerta de la tienda se escucha. Alguien más ha entrado. Marco gira a ver a aquella persona que acaba de entrar, y sus ojos se abren como platos, se horroriza y empieza a tener miedo: el mismísimo Ricardo acaba de entrar en la tienda. Marco esconde su mirada, intentando no ser descubierto, y su corazón late sin parar. Mateo nota esto, y se preocupa por Marco al instante.

"¿Qué pasa, Marco? ¿Ocurre algo?" le pregunta Mateo a Marco.

"*Él* está aquí" dice Marco, atemorizado. Mateo se confunde con lo que dijo el chico humano.

"¿De quién estás hablando, campeón? ¿Quién está aquí?" pregunta Mateo.

"¿Ves a ese hombre de ahí?" pregunta Marco, apuntando con su dedo índice hacia Ricardo. Mateo gira a verlo.

"¿Sí? Lo veo. ¿Qué pasa con ese hombre?" le pregunta Mateo a Marco, quien sigue asustado.

"Es él" dice Marco. "Es mi tío"

Mateo se congela, y sus ojos se abren como platos. Y no solo eso: Ha encontrado al responsable de por qué la vida hogareña de Marco ha sido un infierno viviente. La verdad es que Marco le ha contado esto al joven vampiro antes, hace unos días atrás. Lo único que Mateo logra hacer ahora es enfadarse.

"No estoy jugando contigo, es él" le dice Marco a Mateo.

"Nunca dije que estabas jugando conmigo" le dice Mateo a Marco. De repente, al joven vampiro, de la rabia acumulada que él está teniendo, se le ocurre una idea. "Marco, haremos algo, ¿ya?"

Acto seguido, Mateo saca de su bolsillo la plata que él llevó consigo mismo a la tienda de ropa para poder pagar la ropa que él y Marco iban a comprar. Se la pasa al chico humano, quien luce confundido.

"¿Qué estás haciendo?" le pregunta Marco al joven vampiro.

"Esto es lo que vamos a hacer: Tú vas a pagar la ropa y vas a ir afuera, ¿ya? Me vas a esperar afuera mientras yo hablo con tu tío, ¿de acuerdo?" le dice Mateo a Marco, quien rápidamente se convenció con esta idea. Marco asiente con la cabeza, y Mateo sonríe. "No tardo"

Mateo se separa de la fila y camina hacia Marco. Como el anterior cliente ya se había ido, ahora es el turno de Marco para pagar por la ropa. Marco se acerca al cajero, ya está listo para pagar. En cuanto a Mateo, él se acerca rápidamente a Ricardo, quien está divagando por la tienda, buscando ropa.

Mateo, furioso, se acerca a Ricardo, y, como un camión que ha atropellado a alguien, empuja al humano, haciendo que este caiga al piso. Ricardo exclama de dolor, los demás en la tienda de ropa se detienen y ven esto, sorprendidos y en shock. Marco no gira hacia la escena, él solo intenta continuar pagando por la ropa. Mateo mira a Ricardo, este último está confundido y extrañado.

"¿Qué mierda te pasa, imbécil loco?" le pregunta Ricardo a Mateo, quien empieza a patear a Ricardo fuertemente, haciendo que este exclame y gruñe de dolor. Los demás en la tienda se sorprenden, quedando en shock, aterrados y confundidos. Mientras Mateo patea a Ricardo con fuerza y rabia, con cada patada el vampiro dice:

"¡Enfermo! ¡Muérete! ¡Luego!"

Un hombre que estaba en la fila retuvo a Mateo, haciendo que este último dejase de patear a Ricardo, quien estaba en el piso, en posición fetal, herido y adolorido. Mateo golpea al hombre de la fila con su codo, haciendo que este último exclame de dolor y se cubra la nariz. Marco, con la ropa ya pagada y puesta en una bolsa, se va de la tienda rápidamente.

Al notar esto, Mateo sale de la tienda. Al cerrar la puerta con fuerza, la puerta de vidrio se rompe. Mateo ni siquiera se detiene a ver lo que ha causado, él simplemente se va. Los clientes de la tienda corren a ayudar a Ricardo, diciendo cosas como "llamen a una ambulancia", "está tosiendo sangre", etc.

Afuera de la tienda, Mateo y Marco caminan juntos. Mateo está intentando calmarse, mientras que Marco camina con él.

"¿Mateo?" le pregunta Marco al joven vampiro.

"Dime" dice Mateo.

"Gracias..." dice Marco. Mateo gira a ver al chico humano, y sonríe, al igual que Marco. Siguen caminando, sonrientes.

"De nada..." dice Mateo.

Los Lundy

Y justo, al mismo tiempo en el que Mateo y Marco ya se estaban devolviendo a la casa roja, en un teatro sucio, maloliente y abandonado, ahí estaban ellos:

Tres hombres forcejeando a una chica joven, desnudándola y arrancándole su ropa. La chica obviamente se está resistiendo con fuerza, intentando liberarse de los tres violadores. Pero ellos son los más fuertes.

Ellos ríen, excitados y con ganas de hacer cosas malas, terribles, horribles, a la chica. Estaban en el escenario del teatro, el piso del escenario estaba húmedo, y al parecer, estaba a punto de hacerse mierda en algún segundo o minuto.

Logran tirarla al escenario después que uno de ellos la haya golpeado en el estómago. Uno de los tres hombres le sujetan las muñecas, mientras que el otro le sujeta las piernas. La chica llora y grita por ayuda. El primer hombre, el líder del grupo, un hombre con sobrepeso, pelo corto y una fealdad increíble en su cara, sonreía de manera macabra, al igual que sus dos amigos.

Justo en el momento cuando el líder estaba a punto de cometer el acto, se escucha una botella de vidrio siendo pateada cerca de donde estaban los tres hombres. Ellos se detienen y miran a ver a dos ojos rojos en una parte oscura del teatro abandonado. Los tres hombres nunca habían visto algo como esto, dos ojos como los de un demonio salido del infierno.

Los tres hombres se asustan, se paralizan. Y no solo eso, en cada lado de los ojos rojos, aparecen otros ojos rojos. Y de las sombras, Alice, David y María salen de las sombras, siendo iluminados por la luz de la luna gracias a una parte rota del techo del teatro. Los tres hombres miran a los tres vampiros, y rápidamente se confunden. Los tres vampiros lucen enfadados.

"Dejen. A la chica. En paz" dice David. "Solo suelten a la chica, ¿ya? Podemos resolver esto con buenas intenciones. Juramos no decirle nada a nadie, y nos podremos olvidar de todo esto, ¿de acuerdo?"

El líder de la banda ríe a carcajadas, pensando que el tipo que ahora está viendo no puede estar hablando en serio. David se queda callado, pero la mirada amenazante y enfadada que tiene en su expresión no se va.

"¡Ándate a la mierda, hijo de puta!" grita el líder, quien, junto a sus amigos, ríen a carcajadas. La chica observa esto: Esta gentil muestra de afecto y de rescate que tres extraños vistiendo ropa negra le están haciendo. La familia vampiro se miran entre ellos, y asienten con la cabeza. Vuelven a girar a mirar a los tres hombres.

"Bien, cómo quieran" dice David. Y él y su familia sisean, abriendo sus bocas, mostrando sus colmillos. Los tres hombres miran a la familia, y sus expresiones de risa rápidamente cambian a expresiones de terror, al ver quiénes son, o qué son, la familia. Ahora es la familia quienes sonríen de forma macabra.

Los tres hombres, por miedo, sueltan a la chica, quien sale corriendo, ella huye lejos de esta escena macabra. Los tres hombres, parados en el escenario, aterrados y confundidos, observan a la familia. Los otros dos apenas pueden hablar o expulsar una sola palabra de sus bocas. Pero el líder, asombrado:

"No me jodas..."

La familia camina lentamente hacia ellos, de forma amenazante, mientras siguen sonriendo. Los tres hombres retroceden, no pueden creer lo que están viendo.

Tras llegar hacia la pared del escenario, la que se ubica muy atrás de ellos, los tres hombres se detienen, tiemblan y jadean del miedo tremendo que están sintiendo ahora mismo. La familia se detiene al frente de ellos.

David saca una navaja de su bolsillo y empieza a acariciar al líder en la mejilla con esta. Le hace un corte pequeño en la mejilla, y un pequeño rastro de sangre empieza a salir.

David nota esto, cierra sus ojos y empieza a oler la sangre del corte. Y sonríe. Vuelve a abrir sus ojos y le sonríe al líder.

MINUTOS DESPUÉS, la familia se encontraba juntando los cuerpos de los tres hombres, que ya estaban desmembrados. Sus partes (brazos, piernas, manos, pies, ojos, lenguas) estaban separadas de ellos, todo causado por la familia. Una escena macabra, pero satisfactoria para ellos.

Tras juntar a los hombres, formando a los cuerpos uno al lado del otro, sentados en el escenario, con las espaldas apoyadas en la gran pared, la familia, que ya tienen sus bocas empapadas de sangre, miran esto, jadean de la masacre que acaban de causar.

David y María se miran, enamorados uno del otro, aunque estén cubiertos y empapados de sangre. Alice los mira, y sonríe, volviendo a girar hacia los cuerpos de los tres hombres.

"Solo háganlo y ya" dice Alice, riendo entre dientes.

"Gracias" dicen David y María, y se empiezan a besar con pasión y locura sangrienta. A Alice no le molesta esto, de hecho, no es la primera vez que esto ocurre.

Lo de sus dos padres besándose salvajemente en momentos inesperados ya se volvió algo a lo que ella y su hermano se volvieron acostumbrados. Y no les molesta en absoluto.

Tras varios segundos, la familia se separó del escenario, y Alice, usando un encendedor que uno de los tres hombres traía consigo mismo para poder fumar un cigarro, quema los cuerpos de los tres hombres, no solo para evitar que ella y su familia sean descubiertos, sino para que los tres hombres logren entrar al infierno y se quemen ahí por la eternidad.

Y no solo eso: El fuego provoca que el escenario se queme. La familia se va sin ningún problema. Detrás de ellos, el teatro entero empieza a quemarse. David, María y Alice empiezan a volar, transformándose en murciélagos, cruzando el gran techo roto del teatro. Ya se han ido.

David & María

Ya cerca de la calle donde queda la casa roja, la familia se vuelven a transformar en vampiros y empiezan a caminar por el vecindario. David y María ríen y se besan repetidamente, mientras caminan junto a Alice. David y María no paran de estar en un estado casi juguetón por así decirlo. Se siguen diciendo "te amo" en repetidas veces.

Los minutos que pasaron no fueron tan movidos: La familia llegó hacia la casa roja, y vieron como Marco se estaba probando la nueva ropa que él y Mateo acaban de comprar hace unos minutos atrás, justo antes que David, María y Alice matasen a los tres hombres.

Lo que la familia prosiguió a hacer fue ducharse para así limpiarse la sangre de sus bocas. Alice fue primero, y después, fueron David y María, los dos juntos en la misma tina.

Primero, fue David quien se desvistió. María estaba sonrojada al ver a su marido completamente desnudo. David giró a ver a su esposa, quien intentó desviar su mirada. Ella estaba rojiza, hasta empezó a morderse el labio. David le sonrió.

"Eres toda una pervertida, amor..." le dijo David a su mujer. Y él le tomó las manos que ella estaba usando para cubrir su boca. Ella lo mira, mientras él lucía una mirada picarona. "Eso me gusta..."

Y los dos se besaron, sus lenguas se tocaban, se rozaban y se exploraban.

"¡Más, amor! ¡No pares por favor!" le gritó María a su marido, quien empezó a sacarle la ropa a su mujer con rapidez brusca. La desnudó por completo. Ambos fueron a la tina, y encendieron la ducha.

No paraban de besarse con pasión y locura. Hicieron el amor justo ahí. María estaba con la espalda apoyada en la pared fría, mientras David le estaba haciendo sexo oral a ella, lamiendo sus partes íntimas con su lengua larga, parecida a las lenguas que tienen los demonios. María no paraba de gemir, mientras apretaba sus senos fuertemente.

Y David no paraba, no podía parar, no tenía que parar, no quería parar. Él lamió a su mujer, quien estaba temblando. Pasaron los minutos, y la pareja vampiro ya se encontraba en su cama. David la estaba penetrando, mientras María gemía de placer. David hacía lo mismo. Justo antes de llegar al orgasmo, fue tan rápido y tan fuerte el sexo que hasta lograron romper la cama, pero esto no hizo que la pareja vampiro se detuviese. Siguieron teniendo sexo, hasta que llegaron al orgasmo, que fue intenso, brusco, fuerte y explícito. Cortos segundos después del orgasmo, David acostó su cara en el pecho desnudo de su mujer. Ambos estaban jadeando.

"Eso fue increíble..." logró decir María, quien ya no tenía aliento. David asintió con la cabeza, ambos se miraron y se sonrieron el uno al otro. "¿Quieres hacerlo de nuevo?"

En cuanto María le preguntó eso a su marido, este vio el desorden que él y su mujer habían hecho.

"Mejor en otro momento" le respondió David a María. Ambos se sonrieron el uno al otro. Y se besaron. Pasaron 2 horas acostados en la cama, desnudos, uno al lado del otro, hablando y riendo.

"¿Recuerdas cuando nos conocimos?" le preguntó David a María, quien rápidamente sonrió al escuchar esa pregunta.

"Sí, lo recuerdo. Lo recuerdo todo" dijo María.

"Ah, ¿sí?" preguntó David.

"Sí" respondió María. "Aún recuerdo el momento en el que nos conocimos. Esa fiesta solitaria..."

"Y aburrida..."

"Y aburrida" dijo María, riendo entre dientes.

"Te veías más hermosa como siempre lo has sido" dijo David. Ambos se sonrieron el uno al otro y se besaron en la boca.

"Te amo" dijo David.

"Y yo a ti, mi rey" dijo María. Ellos se besaron en la boca. "Y yo a ti"

Ambos se sonrieron el uno al otro.

"Vamos a vestirnos" dijo María, quien se levantó de la cama e intentó buscar su ropa y la de su marido. Luego, ella se detuvo. "Está en el baño, ¿verdad?"

"Sip. En el baño" respondió David. María giró hacia él, y ambos rieron a carcajadas.

Alice

La noche siguiente, Marco se encontraba sentado en el sillón del living, viendo las noticias en la tele. Entre ellas, se encontraba la noticia del teatro quemado, donde también se descubrieron a los cuerpos quemados y calcinados de los tres hombres que intentaron violar a aquella chica.

"Hola" dijo Alice, sonriendo, quien se paró al lado del sillón. Marco la vio, y le sonrió.

"Hola, Alice" dijo Marco.

"¿Qué haces?" preguntó Alice, un poco curiosa.

"Uh, solo... veo las noticias. Cacha, hay una noticia de un teatro abandonado que fue quemado, y había tres figuras dentro, al parecer murieron en ese incendio, y eso que ese teatro está en este pueblo, bueno, estaba" dijo Marco.

Tan pronto como el chico humano dijo eso, Alice giró hacia la tele, y vio el reportaje del teatro abandonado que había sido quemado. Alice solo observó esto, y una sensación fuerte de satisfacción la empezó a invadir por todos lados. Ella sonrió.

"Sí, qué tragedia" dijo Alice, sarcásticamente, quien, después, se sentó al lado de Marco. Ambos miraron la noticia. Alice suspiró. "Bueno, estoy aburrida. ¿Quieres que hagamos algo nosotras dos?"

Marco giró a verla, extrañada.

"¿Quieres hacer algo conmigo?" preguntó Marco.

"Sí, bueno, para que nosotros dos salgamos de este ambiente aburrido y sin vida. Podemos ir a dar una vuelta a donde tú quieras" respondió Alice.

"¿A dónde yo quiera?" preguntó Marco, quien pensó en esto.

"Ajá, sí. A donde tú quieras" respondió Alice.

MINUTOS DESPUÉS, Marco y Alice se encontraban caminando en una calle del pueblo. Ambos tienen sus manos en sus bolsillos de sus chaquetas. Marco sintió un poco de frío, pero Alice no sintió nada de frío en absoluto. Ambos llegaron hacia un parque, donde, para suerte de Marco, había dos columpios, un juego para niños hecho de madera, y una entrada hacia el bosque del pueblo.

Marco y Alice se sentaron cada uno en un columpio. No se balancearon debido al fuerte sonido molesto que hacían los columpios cuando alguien se columpiaba. Marco le contó eso a Alice tan pronto como se sentaron en los columpios. Los dos contemplaron el ambiente pacífico de la noche: Los árboles del bosque siendo soplados por la brisa, las estrellas brillando en el cielo oscuro, la luna llena brillando en el cielo, las farolas iluminando las calles, etc.

"¿Qué clase de sangre beben ustedes?" le preguntó Marco a Alice, quien giró hacia él, extrañada.

"¿Perdón?" preguntó Alice, confundida y no ofendida.

"Solo pregunté qué clase de sangre beben ustedes, tú y tu familia" dijo Marco. Alice rápidamente empezó a pensar en lo que el chico humano acababa de preguntar.

"*Mala sangre*" dijo Alice. Marco lució extrañado, su expresión claramente decía la pregunta '¿qué?', pero decidió no preguntar ni hablar. Al notar la expresión de confusión del chico humano, Alice decidió aclararle la mente: "Sangre que no proviene de personas buenas. Sangre que proviene de personas malas, horribles, detestables, etcétera. La 'buena sangre' proviene de personas buenas, bondadosas, amables, cariñosas, que no merecen ser asesinadas ni dañadas por nadie. Esa es la regla principal de mi padre: Solo cazar a gente que ya no merezca seguir viviendo. La gente que tiene... *mala sangre*"

Y justo en ese momento, Marco lo entendió todo. Su cara de confusión pasó a ser una cara de entendimiento puro. Asintió con la cabeza. Alice le sonrió, un gesto amable proviniendo de ella.

"Cuéntame más de ti" le dijo Alice a Marco.

"¿Más de mí?" preguntó Marco.

"¡Sí!, quiero saber más de ti" dijo Alice, contenta como una niña pequeña que recibió el regalo más hermoso para su cumpleaños.

"Uh, ¿por qué?" preguntó Marco.

"¿Cómo qué 'por qué'? Marco, has estado viviendo conmigo y con mi familia desde hace una semana. Si lo vas a seguir haciendo, entonces necesito saber más de ti" dijo Alice, intentando explicarse y ser lo más sincera posible. Marco empezó a pensar en esto.

"¿Y qué quieres que cuente?" preguntó Marco.

"Algo de tu infancia, o algo de tu pasado, o algún dato curioso que aún no sepa de ti. Lo que tú quieras" dijo Alice. Y de repente, Marco empezó a pensar en esto. Se encogió de hombros. Y respondió:

"Bueno, para empezar no era un chico tan deportivo. Era bastante flaco, y creo que lo sigo siendo pero no tanto como antes. No era tan atractivo para nadie, pero eso a mi no me importaba. Simplemente era yo solo contra el mundo. En ese tiempo, aún vivía con mis dos padres. Para remate, sacaba buenas notas en las pruebas y en las tareas" dijo Marco.

Luego, él se detuvo por unos cortos segundos. Al parecer, los recuerdos le vinieron a la mente, de nuevo, acechándolo como una bestia. Él miró hacia abajo.

"Fuimos a un restorán de comida china, la pasamos bien, hablamos y nos contábamos chistes. Y ahí fue cuando mis dos padres, las personas que juraron amarse el uno al otro por siempre y para siempre, me dijeron que ya no se amaban y que se querían divorciar. Eso me destrozó mucho. Yo quedé mal. Apenas regresamos al auto de regreso a casa, yo estaba enojado. Mis padres se preocuparon por mí. No quería hablar con ellos. Yo solo estaba con ganas de destruirlo todo. Y luego..."

Y se detuvo de nuevo. Se paralizó. Alice notó esto y empezó a preocuparse por Marco.

"Marco, ¿estás bien?" preguntó Alice, quien luego fue interrumpida por Marco:

"...perdí a mis dos padres en un accidente automovilístico..." dijo Marco, con lágrimas que salían de sus ojos. La cara de Alice pasó de ser una cara de confusión a una cara de shock absoluto. Se cubrió la boca con sus dos manos. "El choque fue fuerte, yo pude sobrevivir, por algún motivo, pero mis padres no. No. Ellos murieron. El choque fue tan fuerte que logró matarlos a los dos. Murieron en la clínica. Cada uno en esas camillas que tienen las clínicas en las habitaciones, y yo..." Luego, Marco empezó a sacar aún más lágrimas de sus ojos. Sus labios temblaban y su voz se quebraba al hablar.

"Yo solo miré mi celular. No quería prestarle atención al mundo porque lo del divorcio ya me estaba destrozando por dentro. Alcancé a gritarles justo cuando el camión impactó nuestro auto, y mis padres... Mis padres..." dijo Marco, quien luego empezó a llorar. Se quebró por completo. Alice salió del columpio y lo abrazó fuertemente. Marco le devolvió el abrazo a ella. El chico humano solo lloró en el pecho de la vampira, quien le acarició el pelo. No le dijo que parara su llanto, solo lo tranquilizó y le dijo que todo iba a estar bien.

"¡Yo los maté! ¡Yo los maté! ¡Yo maté a mis padres!" gritó Marco. Alice separó el abrazo, y ella puso sus manos en los hombros de Marco. Ambos se miraron cara a cara.

"Marco, escúchame. Escucha lo que te voy a decir. No fue tu culpa. Nunca ha sido tu culpa. ¿De acuerdo?" dijo Alice. Marco, cuyos ojos estaban rojos a causa del llanto, no se creyó lo que la vampira dijo.

"No, si lo fue. Fue mi culpa. Yo maté a mis padres. Estuve pegado en el celular todo el tiempo, estuve escuchando música, y no hice nada más que solo eso" dijo Marco.

"Tú no hiciste nada, ¿ya? Tú no mataste a tus padres, tú no mataste a nadie, ¿de acuerdo? No es tu culpa, Marco. Simplemente no lo viste venir. No viste venir el choque, y eso no está mal. Tienes que dejar de culparte por algo que no has hecho" dijo Alice, siendo muy firme con sus palabras.

"Yo los quería... Los quería con todo mi corazón..." dijo Marco, volviendo a llorar. Alice volvió a abrazar a Marco, quien volvió a llorar en el pecho de la vampira. Marco simplemente dejó ir el dolor y la tristeza, y Alice no tuvo ningún problema con eso, solo siguió confortando a Marco.

MINUTOS DESPUÉS, Marco y Alice caminaron por una calle solitaria. Hablaron durante esos minutos sobre el pueblo, lo hermoso que es pero que está repleto de gente estúpida y sin sentimientos. Luego, Alice tuvo una idea, y se detuvo apenas empezó a pensar en ella.

"¿Quieres volar?" preguntó Alice. Marco se detuvo y giró hacia ella, sorprendido pero confundido al mismo tiempo.

"¿Cómo?" preguntó Marco. Alice sonrió.

"Ven, súbete a mi espalda" dijo Alice. Marco empezó a dudar de esto. "Yo creo que claramente tu estás familiarizado con el concepto de una mochila humana, ¿o no?"

"Algo así" dijo Marco.

"Bien, entonces súbete a mi espalda" dijo Alice. Marco, quien estaba dudoso de esto al principio, decidió subirse a la espalda de Alice. Ella le preguntó si él estaba preparado, y él respondió que no. Alice sonrió y ¡ZAS! Saltó del suelo arenoso a la velocidad de un relámpago. Marco gritó fuertemente, asustado.

Y Alice empezó a volar con Marco en su espalda, saltando en los techos de las casas. Los gritos de miedo extremo de Marco rápidamente se transformaron en gritos de felicidad, sintiendo la adrenalina con cada salto y con cada vuelo.

Marco se sentía feliz, no quería que este momento se acabase. Alice, aunque lucía concentrada en el vuelo, lucía feliz. Marco miró su pueblo desde muy arriba, casi en los cielos, y se asombró por lo hermoso que era desde arriba. Él cerró sus ojos, sonriendo, sintiendo como el viento le soplaba rápidamente con el vuelo.

Alice aterrizó justo al frente de la casa roja. Marco apenas podía decir una palabra. Él cayó al suelo arenoso, no podía parar de sonreír.

"¿Estás bien?" preguntó Alice. Marco solo atinó a asentir con la cabeza. Él y Alice rieron, como dos niños que acababan de hacer algo muy divertido. Ella lo ayudó a levantarse y ambos caminaron hacia la casa roja.

IVO BYRT M.

Los Lundy

Los días pasaron, y Marco pasaba sus noches yendo con Alice y Mateo a dar vueltas por las calles del pueblo.

En una de esas noches, fue la de Halloween, donde Mateo, Alice y Marco se encontraban caminando en un vecindario, repleto de niños disfrazados de cualquier monstruo, criatura o personaje del cine o la televisión. Marco, Alice y Mateo no llevaban disfraces puestos. No es que a ellos no les guste Halloween. A ellos les encanta Halloween pero no saben de qué disfrazarse.

Justo antes de salir de la casa para dar la vuelta, Alice estaba viendo las películas clásicas de terror en la tele. Cada año pasaban películas de terror en canales de películas. Ya se había convertido en una tradición. Películas como "Chucky: El Muñeco Diabólico", "Halloween", "Viernes 13", "El Resplandor", entre muchas otras, se encontraban en distintos canales de películas, algunos de ellos, eran de películas clásicas.

Y ahí estaban ellos: Alice, Marco y Mateo, caminando en un vecindario, siendo rodeados por la pequeña multitud de niños disfrazados, que venían acompañados por sus padres. Mientras Mateo miraba a su alrededor, sintió como una niña disfrazada de hada chocó contra él, y su calabaza de juguete cayó al suelo arenoso. Al parecer ella iba corriendo, y no se fijó al frente suyo. Mateo reaccionó a esto, la niña también.

"¡Ay, no! ¡Lo siento mucho, señor!" dijo la niña, asustada de que haya hecho algo malo. Mateo, en vez de enojarse o enfadarse, se mantuvo con calma y tranquilidad.

"No, no, no, no, no. No te preocupes. Te ayudo" dijo Mateo, quien empezó a recoger los dulces, que por suerte para la niña estaban envueltos, y los puso de vuelta en la calabaza de juguete. Se la pasó a la niña, quien le sonrió al joven vampiro.

"Muchas gracias, lindo señor. Soy un hada, ¿de qué está disfrazado usted?" preguntó la niña, curiosa y sonriendo. Mateo se sorprendió por esta pregunta, y sonrió, ya teniendo una respuesta para la niña:

"Soy un vampiro, pequeñita" le dijo Mateo a la niña, empezando a lucir sorprendida y fascinada.

"Guau, sí te queda el disfraz. Mi mamá me dijo que los vampiros eran feos y peligrosos" dijo la niña.

"Sí, bueno, hay algunos que son así" le dijo Mateo a la niña. "¿Dónde está tu madre, pequeñita?"

"Yo estoy en una pijamada, vine con mis amigas" dijo la niña, quien luego fue encontrada por sus amigas, otras niñas disfrazadas de hadas. "Me tengo que ir ahora. Adiós, lindo señor, buen disfraz de vampiro"

La niña se fue con sus amigas, corriendo. Mateo las vio irse. Y él se quedó sonriendo. Alice y Marco se acercaron a él, cada uno parándose en un lado distinto de él.

"¿Qué fue eso?" preguntó Alice.

"No sé, pero creo que ya estoy listo para ser padre" dijo Mateo.

"Sí, ya quiero verte siendo así, *lindo señor*" dijo Marco, quien, con Alice, empezaron a reír. Mateo siguió caminando con ellos, regañándolos por reírse de él.

Llegaron hacia una tienda después de haber cruzado un montón de calles con niños disfrazados, acompañados por sus padres. En aquella tienda, los dos vampiros entraron con Marco, quien buscaba un paquete de Skittles originales. Él detestaba los otros sabores, solo elegía los originales porque le gustaban mucho, eran muy deliciosos para él.

Mientras Marco seguía buscando, Mateo y Alice se pasearon por la tienda, que, para variar, estaba decorada con decoraciones de Halloween, con globos naranjos y negros, esqueletos plásticos, una especie de tela que parecía "telaraña", etc.

Mientras Mateo miraba a sus alrededores, notó algo que le robó la mirada. Se detuvo y caminó hacia ese algo que estaba mirando con mucha atención.

Eran unas máscaras de vampiro, una detrás de otra, cada una con la etiqueta de pago arriba. Mateo tomó la máscara del frente con sus manos, empezando a analizar la máscara, a observar la máscara, nunca había visto algo como esto.

"Interesante..." murmuró el vampiro. Y luego, dejó la máscara descansar en un estante. Puso sus dos dedos índices en cada lado de su boca, abriendo su boca hasta extenderla, sacando su lengua y revelando sus dos afilados colmillos blancos. Todo esto mientras miraba la máscara.

"Voy a esperar afuera, hermano" le dijo Alice a Mateo, quien seguía con lo suyo. Tras notar esto, Alice suspiró y caminó afuera. "Cómo quieras..."

Alice salió de la tienda, esperando afuera. Miró a su alrededor, como la gente disfrazada de cualquier cosa, cualquier personaje o monstruo, cualquier espíritu o fantasma, caminaba por las calles. Alice notó esto, este aire de humanidad fresca y humanidad tierna que se esparcía. Ella sonrió. *Por fin algo de paz y humildad en este mundo,* pensó.

Y luego, ella sintió una mano golpear fuertemente su trasero. Ella exclamó sorprendida, y giró a ver a Guillermo, y sus dos amigos, Javier y Franco, riéndose de la situación. Alice estaba avergonzada, humillada. En cambio, los tres matones solo seguían riéndose.

"Tú sí que tienes un culito bien bonito" dijo Guillermo, quien luego se olió la mano que usó para golpearle el trasero a Alice. Guillermo, por algún motivo, fingió tener un buen aroma en su mano. "Mmm, huele a flores"

"Déjenme en paz" dijo Alice, intentando no querer hacerles daño a los tres chicos, a pesar de que ellos ya la han humillado.

"¿Quieres que te dejemos en paz? ¿Eh? ¿Eso quieres?" dijo Guillermo, quien luego se agarró la entrepierna con sus dos manos, apretando sus partes íntimas con fuerza. "Hazme cariño aquí primero"

"¡OYE!" dijo una voz que a Guillermo ya le parecía conocida. Él, sus dos amigos y Alice giraron a ver a Marco, quien caminó hacia la escena, furioso. Llegó junto a Mateo, quien se acercó a Alice, a punto de preguntarle lo que pasó. "¿Qué está sucediendo aquí?"

Guillermo volvió a ver a Marco, y se sorprendió.

"¿Qué te hizo, hermana?" le preguntó Mateo a Alice.

"No le hice nada, señor, no hay nada de qué preocuparse" añadió Guillermo, intentando ser el inocente del cuento.

"¿Nada de qué preocuparse? Ese pendejo me golpeó por detrás, eso hizo" dijo Alice, entre lágrimas. Mateo giró a ver a Guillermo, y se enfureció.

"¿Hiciste qué?" preguntó Mateo, enojado.

"¿Te metiste con mi familia?" preguntó Marco.

"No te puedo creer" dijo el matón, riendo. "¿Esta es tu familia? Guau. Tu hermana si que está muy buena, imbécil"

Marco agarró a Guillermo por la ropa, enojado.

"¿Qué dijiste de mi hermana, idiota? A ver, repítelo" dijo Marco. Y aquí está, el momento que él siempre ha estado esperando. El momento en el que él ya se tenía que defender de sus agresores.

Franco y Javier intentaron quitar a Marco de Guillermo, quien empezó a reír. Y justo cuando Guillermo reía a carcajadas, Marco sacó la navaja de Mateo y ¡ZAS! Con esta, apuñaló a su matón en el oído izquierdo.

Tanto Guillermo como Alice y Mateo y los dos amigos del primero se pusieron en shock. Marco, respirando levemente, retiró la navaja del oído izquierdo de Guillermo, quien, con sus ojos abiertos, se tocó su oído izquierdo, donde ya empezaba a salir sangre.

Y empezó a gritar de dolor, cayó de rodillas y se acostó en el pavimento mientras se tocaba el oído izquierdo, que no paraba de sangrar. Mateo y Alice intentaban no ver la sangre, o en su caso, no devorar a Guillermo en público, porque ellos estaban siendo vistos por un pequeño montón de gente. Hasta estaban siendo vistos por la gente dentro de la tienda, hasta por el cajero de esta.

Marco no sintió remordimiento, ni culpa alguna, ni estuvo siquiera en shock. Él respiró levemente.

"¡QUÉ TE PASA!" gritó Javier.

"¡ERES UN PUTO LOCO, MARCO!" gritó Franco.

"Ah, ¿sí? ¿Soy un puto loco?" preguntó Marco, quien empezó a patear el estómago de Guillermo fuertes veces. Alice y Mateo sonrieron, mientras los demás, incluyendo a Javier y Franco, quedaron en shock. "¿¡ES ESTO LOCURA PARA TI!? ¿¡EH!?"

Guillermo ahora estaba muy adolorido. Marco pudo sentir ese poder corriendo por sus venas, su corazón latía sin parar. Por fin lo hizo. Se defendió él solo.

"¡ESTO LES VA A PASAR SI SE VUELVEN A METER CONMIGO Y CON MI FAMILIA, ME ESCUCHARON!" gritó Marco. Esto causó que los dos matones se fueran corriendo, cargando a su amigo herido y sangrante. Se seguían gritando que deberían ir a una clínica, o con la policía, etc.

Marco se paró ahí, como el más fuerte. Limpió la navaja de Mateo y caminó hacia los dos hermanos. Marco pasó entremedio de ellos.

"Vámonos, hermanos míos" dijo Marco. Mateo y Alice se fueron con él.

MINUTOS MÁS TARDE, los tres hermanos caminaban juntos, riéndose de la situación, principalmente se reían de los gritos de dolor de Guillermo, haciendo burlas y muecas.

"No, pero Marco, hablando en serio, eso fue INCREÍBLE" dijo Mateo, quien no se podía creer lo que el menor acababa de hacer. Marco lució feliz, halagado, lleno de adrenalina.

"Sí, lo fue" dijo Marco, quien luego se dio cuenta de algo. "Ah, perdón por robarme tu navaja"

"No te preocupes, tengo como cinco más en mi pieza" respondió un sonriente Mateo. Esto impresionó a Marco.

"Es todo un coleccionista mi hermano" dijo Alice.

Siguieron riendo y hablando.

"¿Oye, Marco?" le preguntó Alice al chico humano.

"¿Sí?" dijo Marco.

"¿Fue intencional lo que tú dijiste? Eso de que nosotros somos tu familia. ¿Lo dijiste en serio o solo fue algo que salió de tu boca aleatoriamente?" preguntó Alice, curiosa.

Marco pensó en esto por un momento. Y se sinceró con los dos vampiros:

"Para ser sincero, durante todo este tiempo que pasé con ustedes, me sentí vivo, lleno de adrenalina, lleno de felicidad, cariño y amor. Y fue algo que no me había pasado hace años. Esto sonará muy cursi o qué sé yo, pero aquí va: siento que, con ustedes, por fin tengo una familia que de verdad quiero. Una familia que, a pesar de su naturaleza peculiar, siempre están ahí para mí, y que siempre me han aceptado a pesar de todo. Una familia que no quiero que se separe de mí, o yo de ellos. Los quiero mucho, mi familia. ¿Con ustedes dos? Siento que por fin tengo a dos hermanos mayores, algo que nunca pensé que obtendría en la vida"

Esto conmovió a Mateo y a Alice. Sonrieron sin parar después de quedarse sorprendidos por lo que dijo el chico humano. Mateo le acarició el cabello a Marco rápidamente, como lo hacen los hermanos o los amigos.

"También te queremos, hermanito" dijo Mateo.

"Por toda la eternidad" dijo Alice.

Continuaron con su camino. Luego, en su oído izquierdo, Alice notó una voz masculina, que a ella le resultaba familiar, diciendo: "*Amor mío...*". Ella rápidamente giró hacia atrás, deteniéndose. Miró a su alrededor, intentando buscar a aquella voz. Mateo y Marco notaron esto y caminaron hacia Alice, quien jadeaba levemente.

"¿Hermana?" preguntó Mateo, quien le tocó el hombro a Alice. Ella se empezó a calmar. "¿Estás bien?"

MALA SANGRE

La respiración leve de Alice se tranquilizó y se calmó. Giró hacia sus dos hermanos, y sonrió, diciendo:

"Sí, estoy bien. Fue solo un pequeño reflejo"

Mateo y Marco continuaron su camino con ella. Alice miró hacia atrás en un pequeño instante.

IVO BYRT M.

Ricardo

Ya en la estación de Policías del pueblo, dos días después, estaba Ricardo, esperando en un asiento que estaba afuera de la oficina del Jefe de Policías. Ricardo fingía lucir nervioso, se podía notar que era falso, su ansiedad era falsa, su nerviosismo era falso, etc.

Sacudía su pierna derecha sin parar, obviamente fingiendo tener ansiedad, para que los demás notaran que él estaba en muy malas condiciones.

La oficina del Jefe de Policías se abrió, revelando a Andrés, el Jefe. Sus amigos, conocidos, o más bien todo su entorno lo conoce como Andy. Él ve a Ricardo, quien también lo miró a él.

"¿Señor Ricardo Marsh?" preguntó Andy.

"S-Sí, soy yo, señor" dijo Ricardo, fingiendo su nerviosismo. Andy, por algún motivo, no notó que Ricardo estuviera fingiendo su ansiedad. Lo dejó entrar a su oficina de todas formas.

Dentro, Ricardo le explicó a Andy que su sobrino, Marco Marsh, había desaparecido.

"¿Y desde hace cuanto que fue esto, señor Marsh?" preguntó Andy.

"Oh, por favor, solo dígame Ricardo" dijo él. "Hace una semana que ha desaparecido, y aún no sé nada sobre él"

Según Ricardo, fue hace 'una semana', lo cual es una absoluta mentira, porque Marco se había ido de casa hace ya unas cuantas semanas atrás, no una.

"¿Y usted no tiene ningún otro método para encontrarlo?" preguntó Andy.

"No. No tuve otro método, de hecho, no tengo otro método" dijo Ricardo.

"¿Probó llamarlo por teléfono? ¿Él tiene celular propio?" preguntó Andy.

"Sí, sí tiene. Pero lo ha dejado en mi casa, en su pieza. Por favor, debe ayudarme, estoy desesperado. Le prometí a sus padres que cuidaría de él, que nunca lo dejaría solo, yo..." dijo Ricardo, fingiendo su desesperación.

"Cálmese, Ricardo. Todo va a estar bien" dijo Andy, quien, de alguna manera rara y absurda, se creyó todo lo que le dijo Ricardo, quien fingía su desesperación al máximo, de una manera *ridículamente* perfecta.

Para finalizar su reunión, Andy dijo que haría 'todo lo posible para encontrar a su sobrino', significando que probablemente revisarán casa por casa para encontrarlo.

Probablemente.

Al llegar a su casa, Ricardo empezó a reír como psicópata. Su plan para atrapar a su sobrino para así 'darle una lección' iba a funcionar.

ESA MISMA NOCHE, en la casa roja, la familia estaba en el living. Marco y Alice estaban viendo la televisión. Y justo, mientras estaban pasando por distintos canales, se detuvieron en un canal de películas, donde estaban pasando *Crepúsculo*.

A Alice le disgustaba que los vampiros fueran representados de esa forma: una forma tan caricaturesca y para un público adolescente. Además, odia que nombren a un personaje al que ella considera como irritable con su nombre.

Y justo en ese momento, alguien tocó la puerta principal de la casa roja. La familia se congeló y giró lentamente hacia la puerta principal. David, quien estaba en la cocina, afilando un cuchillo, lo dejó en el estante de los cuchillos, y caminó hacia la puerta principal.

"Yo atiendo" dijo David, quien se acercó a la puerta, y apenas llegó y se paró al frente de esta: "¿Quién es?"

"¿Señor? Somos la policía, ¿podemos entrar?, señor. ¿Podemos entrar a su casa?" dijo un Policía, que estaba al otro lado de la puerta, afuera de la casa roja. Esto conmocionó a la familia. David giró hacia su familia, en un shock extremo, y volvió su mirada hacia la puerta.

"¿Qué es lo que necesita?" preguntó David.

"Solo queremos saber sobre el paradero de Marco Marsh, el muchacho desaparecido. Se fue de su casa hace un par de días y nunca apareció" dijo el Policía.

Esto chocó a la familia aún más. Usando su voz telepática, David le dijo a María que escondiera a Marco en un lugar donde no lo pudiesen encontrar. María llevó a Marco hacia la pieza de Alice, la pieza que él compartía con ella.

David se aclaró la garganta y abrió la puerta, dejando entrar al Policía Fernández, quien, para remate, estaba con Ricardo.

"Buenas noches, señor" dijo el Policía Fernández.

"A usted, señor" dijo David. El vampiro luego notó a Ricardo, quien lo miró a él. Ambos se encontraron cara a cara. El Policía Fernández observó la casa, mirando a su alrededor.

"Muy bonita casa tiene usted" dijo el Policía Fernández. Ricardo se separó de David y caminó junto a Fernández.

"Sí, no es mucho pero es trabajo honesto..." dijo David. Mateo, quien estaba sentado en el comedor, evitaba ver a Ricardo, quien rápidamente reconoció al joven vampiro.

"Yo te conozco" le dijo Ricardo a Mateo, quien no giró a verlo.

"¿Conoce a este joven?" preguntó el Policía Fernández.

"Sí, tuvimos un pequeño... percance. Un pequeño encuentro inesperado. Pero bueno, eso quedó en el pasado, ¿no es eso cierto, jovencito?"

"Sí. Cierto..." dijo Mateo, quien cerró sus ojos.

El Policía Fernández vio a Alice, quien estaba junto a la tele de la casa, sentada en el piso.

"¿Cómo está, jovencita?" le preguntó el Policía Fernández a Alice, quien asintió con la cabeza, nerviosamente. Fernández notó esto. "¿Qué le pasa...?"

"Ella solo está así porque no habla con extraños" dijo David, intentando aclarar las cosas.

"Oh, entiendo" dijo Fernández, quien giró de vuelta hacia la chica vampiro. "No te preocupes, hija. Soy un tipo bueno. ¿Okay? Vengo a hacer el bien en este pueblo"

Alice se quedó callada.

"¿Podemos revisar el lugar ya?" le preguntó Ricardo al Policía Fernández, impaciente, volviéndose ansioso en cada segundo.

"¿No quieren que les sirvamos una taza de té? Me imagino que deben estar sedientos..." le dijo David a los dos hombres. Por primera vez, David lucía nervioso.

"Estamos bien, de veras" dijo Ricardo, intentando saltarse la parte de la buena hospitalidad, e intentando saltar a la parte de la búsqueda de su sobrino.

"¿Sabe qué? Una taza de té no me haría mal" dijo el Policía Fernández. Ricardo no se pudo creer esto. *¿En serio? ¿Es esto una broma?*

"Bien, altiro lo preparo, señor" dijo David, quien caminó hacia la cocina y preparó un té de Earl Gray. Fernández se sentó en el sillón, sintiendo la comodidad de este.

Usando telepatía, Mateo le dijo a David que deberían envenenar al Policía Fernández y a Ricardo. David, mientras preparaba el té, le dijo a Mateo, a través de telepatía, le explicó a Mateo que, si lo hacen, correrían el riesgo de ser *'cazados'* por las autoridades, que no iba a suceder. Mateo quedó frustrado. Ricardo quedó impaciente.

"¿Podemos terminar con esto de una vez?" preguntó Ricardo.

"Ya casi está listo el té, señor" dijo David. Él tomó la taza de té y se la entregó al Policía Fernández, quien le agradeció por el té. Empezó a beberlo sin problema.

Ricardo suspiró, se volvió más estresado que nunca. Se sentó al lado de Fernández. David escogió una silla del comedor y se sentó al frente de los dos hombres.

"Entonces, ¿qué los trae hacia nosotros...? Ah, sí, verdad. Dijo algo sobre un tal Marco Marsh que estaba desaparecido, ¿verdad?" preguntó David, haciéndose que no sabía nada sobre Marco.

"Sí, es cierto. Es mi sobrino. Y está ahí en alguna parte, solo, con hambre, y Dios sabe en qué estado estaría..." dijo Ricardo.

"Señor, le pido que se calme. Deje que yo arregle esto, ¿está bien?" preguntó el Policía Fernández, quien luego se dirigió hacia David de vuelta. "Es cierto, nos preocupa mucho este muchacho desaparecido. Su tío dice que no tuvo problemas con él en su casa..."

Luego, Mateo hizo un gesto de burla salir de su boca. Una especie de mofa. Todos los ojos ahora se centraron en él. Mateo notó esto. En su disculpa:

"Perdón, prosigan"

"Como le decía, su tío nos dijo que nunca tuvo problemas en su casa, y que le hacían bullying en su escuela. Me imagino que esa fue la causa de por qué decidió huir de su casa" dijo Fernández, explicando la situación.

"O tal vez fue eso y que también tuvo *muchos* problemas en casa..." murmuró Alice. Fernández no alcanzó a escuchar eso.

"Perdón, ¿qué dijiste, niña?" le preguntó Fernández a Alice.

"No, nada. Me entró un bicho a la boca" dijo Alice.

"En fin, como le decía a usted, señor, tal vez fue el bullying la causa de por qué él decidió huir de casa. Sus profesores me han dicho que él era problemático, que no era tan adaptado al entorno escolar" dijo Fernández.

"¿Quién no ha pasado por eso, verdad?" dijo David, riendo entre dientes.

"¿Qué es tan chistoso?" le preguntó Ricardo a David.

"Nada, es solo que... el sistema educativo es una mierda. El bullying es una mierda. Y me imagino que este chico no escapó solo por eso. No. Tal vez tuvo una vida llena de abusos. Verá, sus padres murieron en un accidente automovilístico. Y se quedó con su tío. Tal vez, me imagino yo, que el chico empezó a sufrir porque su tío lo odiaba. Odiaba su presencia porque pensaba cada día que su propio sobrino mató a su hermano. Tal vez lo mantuvo en su casa como un esclavo, o peor. En fin, al final, los cerdos como su tío, no merecen vivir, y son enviados justamente al matadero, donde reciben la justicia digna, y el karma absoluto..." dijo David.

Esto conmocionó a Ricardo y a Fernández. Mateo y Alice se quedaron callados, no dijeron ni una sola palabra. Fernández se levantó y dejó la taza con té en la mesa del comedor.

"Qué tenga una muy buena noche, señor" dijo Fernández, quien se fue de la casa roja. Ricardo se quedó mirando cara a cara a David, quien le sonrió al hombre humano.

"Tócalo otra vez, y te vamos a matar, ¿escuchaste?" le dijo David, sonriendo. Ricardo, atónito y enojado, se fue de la casa, sin decir nada. Cerró la puerta con fuerza.

David suspiró gentilmente. Volvió a dejar la silla de vuelta en la mesa del comedor.

"Familia, vengan" dijo David. Mateo, Alice, Marco y María llegaron hacia la escena, se reunieron con David, quien les diría algo que cambiaría todo para siempre: "Tengo un plan..."

Y el plan era simple. Muy simple. A la noche siguiente, la familia Lundy, junto al chico humano, se irían del pueblo para siempre. Marco estaba siendo buscado, y la familia pensó que el pueblo ya no sería un lugar seguro para él, ni para ellos. Pero alguien sabía, alguien sí sabía sobre el paradero de Marco.

Ricardo.

Él estaba más que convencido de que su propio sobrino estaría en aquella casa roja que él visitó junto al Policía Fernández. Así que, sin tener tantas horas de sueño esa misma noche, decidió visitar la casa... justo a las 4 de la tarde. Aquella hora donde los ángeles dormían y los monstruos quedaban despiertos.

MALA SANGRE

Y ahí estaba él. Caminando en el barrio, con una navaja automática en su bolsillo derecho. *Él estaba listo.* Llegó a las afueras de la casa roja, y se paró ahí por un minuto, observando la casa, con cara de odio y desprecio.

Después de ese minuto casi largo, Ricardo se dirigió a la puerta principal de la casa después de atravesar la pequeña reja negra. Intentó abrirla usando la manilla, pero no se podía abrir. Estaba cerrada por dentro, con llave.

Suspiró, decepcionado. Y ¡BAM! Pateó la puerta fuertemente con su pie derecho. Y no solo eso, la pateó una y otra vez, hasta poder quebrarla, haciendo que la puerta se abriese hacia adentro. Ricardo logró entrar y vio a su alrededor, intentando buscar a su sobrino, con intenciones violentas.

Caminó hacia el living, y nada. Hacia la cocina, y nada. Buscó por todas partes. De repente, vio la puerta que daba al sótano. Cuando la abrió y vio las escaleras que daban hacia abajo, no le dio tanta importancia, y se dirigió hacia la pieza de los padres.

Abrió la puerta cuidadosamente, y vio a dos figuras dormir debajo de las sábanas y los cubrecamas. Ricardo se acercó a aquellas dos figuras. Al pararse al lado de la figura de la derecha, la descubrió de las sábanas y los cubrecamas.

María.

Ella dormía como un ángel. Ricardo la observó, nunca vio tanta belleza en su vida. Le acarició la cara gentilmente con su dedo pulgar izquierdo.

Y justo escuchó pasos corriendo hacia él. Ricardo giró rápidamente y vio a un chico corriendo hacia él, con un cuchillo de cocina en su mano. Ricardo logró golpearlo en la cara, haciendo que este caiga al piso.

Su propio sobrino.

Ricardo le jaló el pelo y lo arrastró hacia el living. Marco gritaba y gritaba sin parar. Justo cuando llegaron al living, Ricardo empezó a forcejear con su propio sobrino. Tiró su navaja hacia otra parte. Ya era obvio que, en este punto, no lo quería matar solamente. *Eso vendría después.*

"¿Te digo algo, sobrinito? Los gritos son mi parte favorita..." le dijo Ricardo a Marco, quien empezó a llorar y a gritar. "Ahora te demostraré lo mucho que te he extrañado..."

Ricardo empezó a bajarse los pantalones. Y justo en ese instante, ¡ZAS! Su propia navaja fue clavada en su cuello. Ricardo se congeló. Marco jadeó levemente, viendo como Mateo acaba de apuñalar a Ricardo en el cuello con su navaja.

Tras retirar la navaja, Mateo olió y vio la sangre saliendo del cuello del hombre. Y decidió beber de su sangre. Y no solo eso. La familia, que despertó aturdida por los gritos y llantos del chico humano, se unieron en beber la sangre de Ricardo.

Marco observaba esto, primero en shock, y luego, empezó a sonreír. La primera vez que él sonreía al ver a su tío. Después de unos segundos largos, la familia se detuvo, y jadeó. Giraron a Marco y corrieron hacia él, se agacharon y lo ayudaron.

"¿Estás bien, hijo mío?" le preguntó David a Marco, quien asintió con la cabeza. Marco abrazó a David, quien, sorprendido, le devolvió el abrazo al chico humano. La familia se unió en el abrazo. El piso de la casa estaba manchado con la sangre de Ricardo, como un lago.

Los Lundy

El cuerpo de Ricardo estaba tirado en el sótano, encerrado, para que nadie lo pudiese encontrar, aunque se reporte como *desaparecido* en los próximos días.

Esa misma noche, la familia se encontraba afuera de la casa roja. Marco observaba la casa, mientras la familia preparaba el auto. Alice se acercó a Marco. Se paró al lado de él.

"¿Estás bien?" le preguntó Alice a su hermanito.

"Yo... siempre he querido irme de aquí" le respondió Marco. Ambos se miraron y se abrazaron con calidez, a pesar de que la piel de Alice estaba helada. Pero esto no era un problema para Marco. David los llamó, diciendo que el auto estaba listo. Y los dos hermanos caminaron hacia el auto.

Pasaron los minutos, y la familia ya estaba en el auto, yéndose del barrio, cruzando las calles del pueblo. Marco estaba sentado en medio de los dos hermanos. David conducía y María estaba de co-piloto en el asiento de adelante.

"¿A dónde vamos?" preguntó Marco, curioso.

"¿A dónde vamos? Pues, a un lugar donde no puedan encontrarnos. Donde seremos felices y estaremos muy seguros, sanos y a salvo" le respondió María.

"Gracias, mi familia" dijo Marco.

"No hay de qué, Marco Lundy" respondió María.

Marco quedó impresionado con ese nombre.

"*Marco Lundy...* me gusta ese nombre" dijo el chico humano. Sonrió junto a sus dos hermanos. Marco encontró un escape de su vida solitaria y abusiva, y nunca creyó que ese escape traería un toque sobrenatural y bizarro.

Pero, bueno, después de todo, todo es bizarro cuando uno es libre. Y Marco ya estaba libre. *Al fin.*

About the Author

IVO BYRT M. nació el 24 de Septiembre de 2002 en Santiago, Chile, donde ha vivido toda su vida. Él es un aficionado de los libros (principalmente los de Stephen King), del cine tanto de monstruos como de humanos, y de la música de todo tipo. **MALA SANGRE** es su primer libro, basado en un concepto que él tenía en mente desde a finales del año 2018, y que ha estado trabajando desde aquel entonces.

Read more at https://www.youtube.com/channel/ UCO15f-SWqo2oWLX3RCQ2pQg.

Milton Keynes UK
Ingram Content Group UK Ltd.
UKHW020619041123
431893UK00018B/685